비도
悲島

비도
悲島

입 밖에 낼 수 없었던 슬픔을 안고 있는 섬

글 김재훈

Deep
Insight

차 례

고영제

임신한 아내와 조용히 살고 있는, 호기로우나 세상 물정에 어두운 일반 소시민이다. 창희와는 둘도 없는 친구 사이.

부창희

경찰 삼촌을 두고 있으나 일본 경찰로 부역했던 삼촌에 대해 약간의 죄의식을 가지고 있는 소극적인 성격의 일반 시민이다. 영제와 둘도 없는 친구 사이.

부호수

일제 경찰이었으나 해방이 되고 다시 대한민국의 경찰이 된다. 일제 수탈 시 마을 사람들을 지켜줘 주민들에게 인정받고 있으며, 조카 창희와 창희의 친구 영제를 끔찍이 아끼는 인물이다.

영제 아내

영제와 알콩달콩 살아가는 늦깎이 임신을 한 주부다. 남편과 행복한 미래를 꿈꾸지만 예기치 못한 소용돌이의 당사자가 된다.

서청 지부장, 서청 김 단원, 서청 이 단원

초기에 육지로 넘어온 서북청년단원으로 군인, 경찰로 신분을 갈아타며 만행을 저지른다.

이동우, 동우 아내, 영철아범, 성미어멈, 양씨댁

영제, 창희와 같은 세상 물정 모르는 동네 주민으로 비극적 희생의 당사자가 된다.

순덕, 순덕 아내, 기철

영제와 함께 피난을 다니다 결국 같은 운명을 맞이한다.

덕호영감

마을의 노망난 늙은이. 일제시대 때부터 무슨 사연이 있었던 듯 느닷없이 "대한독립만세"를 외친다. 제주의 슬픈 역사를 고스란히 목격한 인물.

오순경, 경찰 1, 2
부호수의 부하들로 시대적 비극에 물들어가는 인물이다.

무장대 소대장, 무장대 대원 1, 2
마을 사람들이 투표를 못 하게 하고, 책임지지 않은 비극을 만들어낸 인물들.

제주 4.3 사건 당시 희생된 수많은 제주도민들.

이유조차 모르고 목숨을 빼앗겼던 수많은 제주도민들….

입 밖에 낼 수 없었던 슬픔을 안고 있는 섬….

그 섬을 비도(悲島)라 부르려 한다.

1. 변한 건 없었다

(암전 상태에서 소리만)
만세 소리와 섞인 성난 군중의 소리. 뒤이어 들이는 총소리
'탕! 탕! 탕!'

영제와 아내, 창희가 동네 주민들과 떠들썩하게 웃으며 영제의
집으로 걸어 들어온다. 떡을 하나씩 들고 있다.

성미어멈 (떡을 뜯어 먹으며) 아이고… 배가 아프다 못해 쓰리
　　　　　네, 쓰려!
양씨댁 (성미어멈 등을 때리며) 으이구, 그 버릇 또 나왔네…
　　　　　기분 좋게 술도 마시고 떡도 챙기고, 이렇게 좋은 날에
　　　　　그놈의 심술은 그냥 넘어가는 법이 없지?
성미어멈 아니, 그냥 집구석에 있는 우리 아들놈 생각하면 없
　　　　　던 심술도 생기는 걸 어떡해요.
양씨댁 엄마 심술 들면 섭섭해서 상수 집 나가겠네. (허공에

대고 소리치듯이) 상수야~ 너네 엄마가~!

성미어멈 (양씨댁 입을 막으며) 애 들으면 어쩔라고~

모두 함께 웃는다.

영제 난 솔직히 철구형 영영 못 볼 줄 알았는데, 해방되니까 세상은 어수선해도 못 볼 줄 알았던 사람들 다시 보니깐 정말 좋네요.

영제 아내 그러게요. 다른 마을에도 떠나셨던 분들이 해방되고 많이 돌아오셨다더라고요.

양씨댁 일본서 얼마나 고생들을 했겠어? 나 같아도 해방된 내 나라에서 살고 싶지. 아마 일본이라면 이가 갈릴걸?

영철아범 돈 벌러 일본 간다고 할 때가 아직도 생생해. 다들 죽으러 가는 것마냥 울고 난리도 아니었는데, 이렇게 큰 돈 벌어서 돌아오니까….

성미어멈 으이구… 해방될 때도 안 우시더니 남의 새끼가 잘 돼서 오니까 혹시 영철아범도 배 아파서? (성미어멈이 놀리듯 영철아범을 쳐다본다)

영철아범 (정색하며) 술기운이 올라오나… 왜 이렇게 더워?

영철아범이 헛기침을 하며 돌아서자 마을 주민 모두가 깔깔 웃는다. 뒤편으로 덕호영감이 조용히 들어와 쪼그려 앉는다.

창희 반가운 건 좋은데 하필이면 이렇게 어수선할 때 와서 좀 쓸쓸하네요. 해방되고 분위기 좋을 줄 알고 돌아왔을 텐데 말이어요.

양씨댁 그러게 말이야. 아마 돌아온 거 후회하는 사람들도 벌써 생기지 않았겠어? 세상에 말로 애를 다치게 해놓고선 항의하는 사람들한테 총을 쏜다는 걸 상상이나 했겠어? 6명이나 죽었다면서? 그나저나 어떻게 됐대? 그놈들 벌은 받는대?

영제 그랬으면 지금 파업한다고 난리가 났겠어요? 들어보니까 회사들뿐 아니라 공무원에 선생, 경찰까지도 관련된 놈들 처벌 안 하면 일 안 하겠다고 들고 일어났다더라고요.

성미어멈 그 일본 앞잡이 놈들 해방되고 도망간 줄 알았는데 다시 경찰서장 되고 하는 거 보면, 이런 사달이 언제 나고도 남겠다 했었다고요.

양씨댁이 창희의 얼굴을 보고는 성미어멈의 옆구리를 꼬집으며 제지한다.

성미어멈 아앗… 왜 그래요? (순간 창희를 보고 놀라 안절부

절못하며) 아니… 창희야… 아니… 내 말은… 알지?

창희 (씁쓸한 웃음을 지으며) 괜찮아요. 사실인데요, 뭘.

영제 네 삼촌은 그런 거 아니잖아… 누가 뭐라 그러지도 않는
데 왜 너만 예민하게 굴어?

영제 아내 그래요 창희 씨. 삼촌이야 우리 마을 지켜주려고 경
찰 된 거나 마찬가진데 마음 쓰지 말아요. 삼촌이 막아
주고 알려주고 안 해주셨으면 일본 놈들이 우리 마을 가
만 놔뒀겠어요? 아마 싹 다 털려서 지금 이렇게 살지도
못했을 거예요. 부역 갔다가 생사를 모르는 사람도 태반
인데.

영철아범 그래 맞아. 호수는 내가 잘 알지. 성미어멈이 진짜 그
런 뜻으로 말한 거 아닌 거 알지? 너네 삼촌이 그만둔다
고 했으면 끌어다가도 다시 경찰 시키고 싶은 게 우리 마
을 사람들이야. 이 마을 사람들이 너네 삼촌 얼마나 좋
아하는지는 네가 잘 알잖냐?

창희 (고개를 숙이며) 괜히 저 때문에 기분 좋은 날에 죄송합
니다.

성미어멈과 영철아범이 미안함의 표시로 창희를 툭 치며 웃는
다.

덕호영감 (갑자기 팔을 번쩍 올리며) 대한독립만세!! 대한독립 만세!!

모두 깜짝 놀라 뒤를 쳐다본다.

성미어멈 저 영감쟁이 언제 왔어? 아주 애 떨어지는 줄 알았 네.

영철아범 저 노인네 노망나더니 잠도 없어, 쯧쯧. 해방된 지가 언젠데 허구한 날 대한독립만세야.

창희 (덕호영감의 팔을 잡으며) 어르신, 왜 나오셨어요? 집에 가셔야죠?

덕호가 다시 쪼그려 앉는다.

영제 여보 집에 술 좀 받아놓은 거 있어?

영제 아내 모두 모시고 집으로 갈까요? 그럼 먼저 들어가서 준 비할게요.

양씨댁 (영제 아내를 잡으며) 아냐아냐… 우린 됐어. 너무 늦었 어. 친구들끼리 한잔하라고. 영감님도 모셔다드려야 하 고… (가자는 모양새로 팔을 휘저으며) 우린 어서 가자고 요. 영감님? 영감님도 집에 가셔야죠?

양씨댁이 덕호영감의 팔을 잡아 일으켜 데리고 나가고, 성미어멈이 입맛을 다시며 아쉬운 듯 뒤를 따른다. 영철아범이 기분이 좋은 듯한 걸음걸이로 손을 흔들며 퇴장한다.

둘도 없는 친구 사이인 영제와 창희가 영제의 집으로 들어서서 상마루에 앉고, 영제의 아내가 부엌으로 들어가 급히 술상을 내온다.

영제 정말 다시 볼 수 있을 거라곤 상상도 못 했는데, 정말 반갑더라.

창희 난 저 형이 돈 벌었다는 소식 듣고 일본에 뿌리내린 줄 알았다니깐.

영제 내 나라가 좋지. 암… 좋아.

영제 아내 (술상을 챙기며) 오늘은 삼촌께서도 오시는 거 아니셨어요? 많이 바쁘신가 봐요?

창희 상상도 못 할 일들이 빵빵 터지는데 경찰이 바쁜 게 당연하죠. 어제오늘은 얼굴도 못 봤다니깐.

영제 (장난치듯 얼굴을 창희 쪽으로 들이밀면서) 혹시 돌 맞을까 봐 무서워서 숨으신 건 아니겠지?

영제 아내 (영제를 보며 인상을 쓰며) 그만해요.

창희 너 그렇게 장난치다 조만간 삼촌한테 분명히 한 대 맞을 거 같다.

영제 짜식 내가 맞겠냐? 나는 호수 삼촌이 어느 쪽으로 때릴
지까지 알아서, 요렇게 싹 피하고 튀면 삼촌은 나 절대
못 잡는다. 내가 좀 빨라야 말이지.

창희 삼촌은 이런 미친놈을 왜 좋아하시는지 이해가 안 간다
니깐.

영제와 창희가 함께 웃으며 술잔을 기울인다.

영제 아내 그럼 맛있게들 드세요. 안줏거리 좀 더 가져올 테니
까요. (부엌으로 들어간다)

창희 (급하게 둘러보며) 그나저나 정말 요즘 분위기가 쎄하다.
시위대 찾는다고 난리잖아. 들리는 말로는 지금 잡혀가
는 사람들을 셀 수도 없다는 말 너도 들었지?

영제 뭐, 우리 같은 무식쟁이들은 들리는 소문이나 듣고 '아~
그런가 부다' 하는 거지. 잡혀갈 짓을 했어야 잡혀가지.

창희 죄가 있어야 잡혀가는 세상이냐? 낮말은 새가 듣고 밤
말은 쥐가 듣는다잖냐… 조심해서 나쁠 게 뭐 있겠어.
육지에서 경찰들도 잔뜩 내려오고, 서북청년단인가 뭔
가 하는 험악한 사람들도 엄청 들어왔다는 거 너도 알잖
냐?

영제 (귀찮은 듯한 목소리로) 아… 됐어…. 우리 같은 무식쟁
　　　이들도 누가 잘못한 건 줄을 아는데….

창희 그러게 말이다. 말이야 바른말이지 우리 같은 사람들이
　　　뭐 알겠냐. 정치를 아냐, 저기 높은 분들 이름이나 아냔
　　　말이지.

영제 창희야… 난 해방되면 정말 다 되는 건 줄 알았다. 일본
　　　놈들 물러가면 가만히 있어도 그냥 행복하고 기분 좋고
　　　그럴 줄 알았다.

창희 난들 안 그랬겠냐?

동시에 한숨을 쉬고 술 한 잔 건배를 나눈다.

영제 너네 회사도 파업한다던데 어떻게 됐어?

창희 회사에서 한다니까 그냥 따라가는 거지. 너는?

영제 나야 뭐, 일 있다고 부르면 나가서 짐만 나르던 사람인데
　　　상관없지. 이참에 그냥 다 때려치우고 농사나 지을란다.

창희 이 자식, 농사를 만만하게 보네?

영제의 아내가 안주를 들고 상위에 놓으려 한다.

영제 (아내의 손을 덥석 잡으며) 야… 내가 일본 놈들 비위도

맞추고 살았던 놈이야. (한 손으로 아내의 배를 만지며) 그리고 여기 내 새끼가 들어있는데 농사 정도 못 짓겠어?

영제 아내 벌써 취하셨어요? 부끄럽게….

영제의 아내가 부끄러워하며 영제의 손에서 손을 쏙 뺀다.

창희 제수씨, 진짜예요? 임신하셨어요? 아이고, 진짜 축하드립니다. 이야 나도 이제 조카 생기겠네. (웃음)

영제의 아내가 부끄러운 얼굴로 다시 부엌으로 들어간다.

영제 (갑자기 진지한 얼굴로) 야… 근데 회사가 파업해도 넌 파업 같은 거 안 한다고, 꼭 출근할 거라고 해야 되지 않겠냐?

창희 갑자기 무슨 뚱딴지같은 소리야? 내가 왜?

영제 저기 봐… 네가 파업한다고 하니까… 삼촌이 너 잡으러 오셨잖아. 잘못했다고 빌어.

입구에서 창희의 삼촌이 들어오고 있다. 삼촌이 들어오는 것을 확인한 창희.

창희 (어이없다는 듯) 이 자식이 정말….

영제가 웃으며 삼촌에게 인사를 한다.

영제 삼촌, 창희 잡으러 오신 거 맞죠?
창희 재미없다니깐~ 그만해

삼촌이 심각한 얼굴로 술을 한 잔 따르라는 듯 술잔을 든다.
영제가 술을 따른다.

창희 무슨 일 있었어요? 얼굴이 왜 그래요?
호수 (술을 한 잔 쭉 들이켜고는) 내가 너희 둘한테 꼭 할 말이
      있어서 왔다. 삼촌이 영제 너하고 창희, 너네 둘 다 얼마
      나 각별하게 생각하는지 알지?
영제 그럼요. 알죠.
창희 갑자기 왜 그런 말씀을 하세요?

호수가 누가 듣는지 주변을 둘러보고는 말을 이어간다.

호수 너희들 지금 제주 분위기 이상한 거 알지?
창희 어떤 분위기 말씀하시는 거예요?

호수 지금 시위대 찾는다고 하면서 잡아가는 거 말이다. 그래
      서 말인데….

삼촌이 말을 할까 망설이다가 술을 한 모금 들이켜고서 이야기
를 한다.

호수 만약에 말이다. 혹시라도 처음 보는 남자들이 갑자기 붙
      잡거나 들이닥쳐서 빨갱이 뭐라 그러면서 시비를 걸면
      꼭 '지서에 있는 부호수 감찰관님이 제 삼촌입니다'라고
      말해야 한다. 꼭. 꼭. 알겠지?"

영제가 의아해하며 질문한다.

영제 아니, 삼촌. 저희같이 세상 물정도 모르는 사람한테 무
      슨 볼일이 있다고 그러겠어요? 하루하루 먹고살기 바쁜
      데… (헛웃음을 지으며) 그리고 빨갱이는 또 뭐예요?
호수 (호수가 숟가락으로 상을 두드리며) 그러니까 특히 너 영
      제 말이다. 내가 네 삼촌 맞아 안 맞아?
영제 (장난스럽게 호수를 툭 치며) 에이, 새삼스럽게 왜 그러세
      요?
호수 (정색하는 얼굴로) 쓰읍~

영제 (호수의 정색에 무안한 표정으로) 삼촌 맞아요.

호수 그럼 잔말 말고 무조건 시키는 대로 해… 육지에서 온
     놈들이 정상이 아니야. 그냥 막 잡아들이고 가두고 때
     리는데 나도 무서울 지경이다. 이러다 곧 사달이 나도 날
     텐데 누가 걸릴지 지금 아무도 모른다. 지서 사람들도 벌
     벌 떨면서 자기 식구들한테 몸조심하라고 신신당부하고
     들 있다. 내 말 무슨 말인지 알겠지?

창희 아니, 죄가 없는데도 그런다고요?

호수 (한심하다는 말투로) 말을 뭐로 들어? 죄가 있는지 없는
     지는 그놈들 마음이라고. 절대 어디서도 나서지 말고 조
     용히 숨어 다니듯이 해… 명심해!

삼촌이 술을 한 잔 더 들이켜고는 일어난다. 술 한 병을 더 들
고 부엌에서 나오던 영제의 아내가 호수에게 인사를 하지만, 호
수는 못 보고 그냥 나가버린다. 영제와 창희, 두 사람이 멍한
얼굴로 쳐다본다.

2. 닥쳐오는 위기

집들이 모여 있는 골목으로 세 명의 남자가 나타난다. 팔에는
빨간 완장을 차고 건들거리는 걸음으로 정면의 집을 향하고 있
다. 서청 김 단원의 옆구리에는 태극기와 이승만의 초상화가
전단마냥 들려있다. 정면의 집에는 이동우가 새끼를 꼬며 마당
에 앉아있다. 남자들이 골목의 중간에 멈춰 선다.

서청 지부장 잘 챙겨왔지?

서청 김 단원 물론입니다. 그런데 그냥 전부 압수하면 되는 거
　　　아닙니까? 굳이 각하 사진이랑 태극기를 챙기라고 하신
　　　건지….

서청 지부장 (비열한 얼굴로 서청 김 단원의 머리를 막대로 툭
　　　툭 치며) 무슨 생각을 하고 있는 거야? 우리는 공산주의
　　　자로부터 제주를 지키기 위한 임무를 띠고 내려온 투사
　　　들이다. 공산주의자를 색출하고 그놈들 재산이 북으로
　　　흘러가지 않게 막는 중요한 역할을 하고 있는 거란 말이

다. (막대로 서청 김 단원를 찌르며) 그냥 압수? 우리가 도둑이야?? 어??

서청 김 단원 (연신 고개를 숙이며) 잘못했습니다. 앞으로 조심하도록 하겠습니다.

서청 지부장이 헛기침을 한다.

서청 지부장 저 집 맞지?

서청 이 단원 네, 맞습니다. 이동우라고 하는 놈 집인데 아무래도 수상한 느낌이 듭니다.

서청 지부장이 고개를 끄덕이고, 서청 김 단원에게 명령한다.

서청 지부장 여긴 나랑 이단원이 알아서 할 테니까 자넨 오늘 할당량 채워와…. 못 채우면 알지? 명심해! 수단과 방법을 가리지 말라고….

서청 김 단원이 고개를 숙이고 다른 곳을 향해간다. 문 앞에 들어서면서 서청 이 단원이 앞장서 소리를 친다.

서청 이 단원 (지푸라기를 발로 차며) 여기 이동우 집이지? 이동우 어딨어?

두 명의 남자가 갑자기 들이닥치자 새끼를 꼬고 있던 이동우가 깜짝 놀라 두려워하는 얼굴로 벌떡 일어난다.

이동우 (눈치를 보며) 누구신지?

서청 이 단원 네가 이동우야?

이동우 예, 제가 이동운데 무슨 일로 이러시는지?

서청 이 단원이 이동우의 목 뒷덜미를 잡고 서청 지부장의 앞으로 끌어온다. 갑자기 서청지부장이 이동우의 복부에 주먹질을 한다.

이동우 (상체를 크게 굽히며) 어윽!

서청 지부장 (얼굴에 비열한 웃음을 띠고 이동우의 얼굴을 몽둥이로 치켜들며) 내가 얼굴만 봐도 빨갱이가 맞는지 아닌지 아는데… 너는 좀 애매한데?

이동우 (아픔을 참으며 정색한다) 무슨 말씀을 그리하세요? 아닙니다. 절대로 아닙니다. 맹세코 절대로 그런 사람 아닙니다.

서청 지부장 (집을 살펴보면서) 아냐, 아냐… 수상해.

갑자기 남자를 몽둥이로 내리친다.

이동우 (고통의 소리)

서청 지부장 (이동우의 멱살을 쥐며) 이 빨갱이 새끼. 이것 봐!
　　　집 안에 태극기도 안 걸어 놓고, 각하 사진도 없는데 자
　　　기는 빨갱이가 아니라고? 말이 된다고 생각해?"

이동우가 갑자기 엎드려서 서청 지부장의 바짓단을 잡고 흐느
낀다.

이동우 선생님, 집에 가진 거라고는 빈 그릇이랑 숟가락뿐인
　　　데, 태극기며 이승만 사진이며 어디 비싸서 살 수나 있었
　　　겠습니까? 돈을 빌려서라도 사서 걸어놓겠습니다. 제발
　　　한 번만 용서해주세요.

서청 지부장 뭐?? 이승만?? 이거 빨갱이 맞네.

이동우 예??

서청 지부장 각하가 너 친구야? 이 빨갱이 새끼. 내가 문을 딱
　　　열 때부터 빨갱이 냄새가 났어. 이놈 끌어다 넘겨. 아, 그
　　　리고 빨갱이 재산은 압수니까 이 집에서 돈 될 만한 건
　　　다 찾아와.

서청 지부장의 명령이 떨어지자 서청 이 단원이 집 안을 뒤지기 시작한다. 그리고 나오는 게 없는 듯 서청 이 단원이 서청 지부장을 보며 고개를 젓는다.

서청 지부장 (돈이 안 나와서 더 화가 나서는) 이 빨갱이 새끼, 매운맛을 보여줘야겠어. 끌고 가!

서청 이 단원이 이동우의 목 뒷부분을 잡고 질질 끌고 나간다.

이동우 (울부짖으며) 안 됩니다. 빨갱이 아닙니다. 진짜 아닙니다. 한 번만 한 번만 용서해주세요.

이동우가 울부짖으며 끌려가는 모습에 숨어있던 이동우의 아내가 뛰어나온다.

이동우 아내 (이동우의 옷을 잡으며) 안 돼요… 안 돼요…. 이 사람이 무슨 죄가 있다고 그러세요. 제가 이렇게 빌게요. 한 번만 한 번만 용서해주세요.

서청 이 단원이 끝내 이동우를 끌고 나가고, 이동우의 아내가 바닥에서 오열하는데 서청 지부장이 다가온다.

서청 지부장 (이동우 아내의 머리끄덩이를 잡아 얼굴을 들며)
　　　　여기 반반한 빨갱이 하나가 더 숨어있었네?

서청 김 단원이 집 안으로 들어오고, 서청 지부장이 명령한다.

서청 지부장 이 빨갱이년도 데리고 가! 이년은 아무래도 내가
　　　　직접 심문해봐야 할 것 같으니까⋯. (서청 김 단원에게
　　　　귓속말로 무언가를 지시한다)

서청 김 단원이 목례를 하고 이동우의 아내를 끌고 나가고, 서
청 지부장도 뒤를 따른다. 집 밖에는 웅성거리며 구경하던 사
람들이 이들이 나서자 고개를 숙이고 눈을 마주치려 하지 않
는다. 서청 지부장이 웃으며 이들의 얼굴을 훑어보고는 그대로
지나간다. 주민들이 모여서 쑥덕거린다.

영철아범 아니, 동우 쟤가 무슨 빨갱이라고 하는 거야?
성미어멈 전에 있잖아요. 이승만이 초상화 강제로 쥐놓고 돈
　　　　내놓으라고 했었잖아요? 그때 돈을 못 냈나 봐요.
양씨댁 빌려달라는 거⋯ 없어서 못 빌려줬는데, 이런 사달이
　　　　났네. 어째요?
영철아범 그나저나 잡혀간 사람들 아직도 집에 못 오고 있다

고 하던데 동우 쟤는 괜찮으려나 몰라. 옆 동네도 벌써
몇 명이나 소리 소문 없이 잡혀갔는데 어디로 갔는지도
모른다던데.

양씨댁 동우도 동우지만 안사람은 어떡해? 험한 꼴 당하는 거
아닌가 몰라.

서로 눈빛을 피하며 고개를 숙인다.

성미어멈 항의하면 빨갱이라고 잡아가고, 아니면 죄 없는 동
네 사람들 빨갱이라고 끌려가는 꼴을 봐야 하고… 차라
리 일본 놈들이 더 낫네… 나아.

함께 있던 동네 사람이 눈치를 주듯 툭 치고는 주변을 둘러본
다. 말을 한 이도 겁이 났는지 주변을 둘러보다가 흩어진다.
(암전)

3. 그날이 오다

(소리)

폭탄이 터지는 소리와 함께 들리는 총소리 뒤이어 "불이야! 불이야!"

(조명효과)

동네 골목에 한 무리의 사람들과 한 무리의 경찰들이 우르르 뛰며 번갈아 몰려다닌다. 소리에 놀란 마을 주민들이 골목으로 쏟아져 나온다. 불이 났다는 소리 쪽으로 웅성거리며 쳐다보고 있다.

영제 갑자기 무슨 일이래요? 폭탄 터지는 소리가 나서 깜짝 놀라서 나왔는데, 저쪽이면 지서 있는 곳인데….

양씨댁 (불이 난 방향을 보려는 시늉을 하며) 그러게요. 나도 놀라서 나와 봤더니 저기서 불기둥이 훤하고 올라오고 있더라고요.

영철아범 누가 그랬는지는 몰라도 잘했네. 아주 싹 다 타버려
　　　　라! 나쁜 놈들!

영제 (급하게 주변을 둘러보며) 말조심해요. 경을 치시려고 작
　　　정을 하셨소?

영철아범 왜? 저놈들이 죄 없는 사람들 잡아가서 고문해서 죽
　　　　이고… 모르는 사람이 어디 있어? 아이고 내 속이 다 시
　　　　원하네. 그제는 어린애도 빨갱이라고 잡아갔다던데 천
　　　　벌을 받는 게지. 암… 천벌이지… 활활 타버려라….

영제 (무언가 할 말이 있는 듯하지만 참으며) 에휴~ (팔짱을
　　　끼고 다시 불 쪽을 바라본다)

영제의 뒤로 창희가 다가왔다.

창희 (영제를 툭툭 치며) 여기는 피해 입은 거 없지?

영제 (창희의 얼굴도 보지 않은 채로) 지서에 불났다고 여기까
　　　지 불이 번지겠어? 저거 저러다 다 타버리겠네.

창희 (불을 바라보며) 정말이네. 진짜 사달이 났네, 났어.

영제 (여전히 불을 응시하며) 그러게 말이야. 이게 갑자기 무
　　　슨 난린지. (호수가 생각나서 급하게 놀라며 창희에게 고
　　　개를 돌린다) 삼촌은? 삼촌은 괜찮으셔? 어?

창희 (아무렇지도 않은 얼굴로 불길을 바라보며) 천만다행이

지. 오늘 쉬는 날이었어. 주무시다가 좀 전에 비상이라고 인편이 와서 급하게 옷 입고 뛰어가셨어.

영제 (안도의 얼굴) 다행이네… 그나저나 소리만 들으면 다친 사람도 많겠는데?

창희가 영제에게 무언가 말을 하려고 머뭇거리는데 이들의 앞쪽으로 3~4명의 남자들이 무리 지어 몰래 이동하고 있다. 이들의 손에는 총과 몽둥이가 들려있다. 가장 앞에 있는 사람이 마을 쪽으로 고개를 돌렸다가 주민들에게 조용히 하라는 시늉을 하고는 전방을 보며 이동한다.

영제 어? 저기 삼수 아냐? 그치? 창희, 너도 알잖아? 쟤 삼수… 저기서 뭐 하고 있는 거지?

영제가 손을 들고 다가가려 한다.

영제 야… 삼…. (창희가 영제의 입을 급하게 막는다)
영제 (영제가 창희의 손을 떼어내며) 퉤퉤~ 왜 이래? 손도 안 씻는 놈이.
창희 (급하게 영제를 낚아채며) 에잇….
영제 (당황한 듯) 어? 어?

창희가 영제의 손을 강제로 끌고서 영제의 집으로 들어간다.

영제 (창희를 뿌리치며 따지듯이) 이 자식이 밤늦게 와 가지곤
　　　왜 사람을 끌고 다녀?

집 안에는 영제의 아내가 나와 있다.

창희 (영제의 말은 무시하며) 제수씨, 저 왔어요.
영제 아내 　어머나, 창희 씨가 이 시간에 웬일이세요?
영제 (웃음) 뭐 뻔하지. 불구경하러 왔겠지. 우리 집에서 잘 보
　　　이잖아.
창희 그런 거 아냐, 임마! 그리고 잘됐네요. 제수씨도 이리 와
　　　보세요. 꼭 알려줘야 할 것 같아서… (창희가 주변을 둘
　　　러보며 손짓을 한다)

세 사람이 모여 머리를 맞댄다.

창희 두 사람 잘 들어요. 이건 삼촌 데리러 온 순경한테 들은
　　　건데. 지금 저 불 지른 게 남로당이라는 사람들이 지른
　　　거랍니다. 그 사람들이 경찰서에다 불 놓고, 그 육지에서
　　　온 사람들 있잖아… 그… 뭐라 하더라?

영제 서북청년단?

창희 그래… 맞어… 서북청년단…. 그 사람들도 공격했다나
      봐.

영제 아내 (놀라며) 어머… 그 사람들 아무나 막 잡아가는 무
      서운 사람들인데… 어쩌자고?

창희 맞아요. 그래서 지금 말해주려는 거예요. 그 사람들이
      우리한테 무슨 짓을 했는지는 다 알고 있잖아요? 그런데
      그놈들이 이 꼴을 당했으니…. 입장 바꿔서 영제 너 같음
      내일부터 어떡하겠냐?

영제 불 지른 놈들 찾아 죽인다고 눈알이 벌겋겠지.

창희 그래, 바로 그거야…. 저놈들이 가만히 있을 놈들이 아
      니거든. 지금은 속이 시원해도 당장 내일 날 밝으면 분명
      난리도 아닐 거라고… 누구든 꼬투리 잡혀서 좋을 게 하
      나도 없단 말이지. 제수씨도 무슨 말인지 알겠죠?

영제 아내 어쩐대요? 저 사람들 지금도 무서운데… 해코지하
      려고 마음먹으면… 무서워서 어떻게 살아요?

창희 우리야 별일 있겠어요? 그래도 언제 집으로 들이닥칠지
      몰라요. 혹시라도 들이닥치면 뭐라고 하라 했죠?

영제 아내 부호수 감찰관님 조카입니다. 이렇게요.

창희 네… 꼭, 꼭, 그렇게 말해야 됩니다…. 영제 너, 그놈들 앞
      에서 장난치면 안 된다. 어?

영제 (머리를 번쩍 들며) 이 자식이 지 친구를 미친놈으로 모
　　네… 에라이.

아무 일도 없었던 듯이 창희가 고개를 들고 멋쩍게 주변을 둘
러보고, 모두 고개를 든다. 영제의 아내가 하품을 참으려 입을
막지만 하품을 참지 못한다.

영제 (아내를 집 안으로 밀며) 임자는 들어가 봐. 이런 거 자꾸
　　들으면 애기한테 안 좋아.

창희 그래요. 늦었는데 내 조카 졸립겠어요. 얼른 눈 좀 붙이
　　세요.

영제 아내 (피곤한 표정으로) 아이 때문인가… 계속 잠이 쏟아
　　지네요. 그럼 저 먼저 들어갈게요. 창희 씨도 조심히 살
　　펴 가세요.

영제의 아내가 인사를 하고 방으로 들어간다.
영제와 창희가 함께 하늘을 올려다본다.

창희 이야… 얼마만이냐? 이렇게 너랑 하늘 구경하는 게.

영제 그러고 보니까 진짜 오랜만이네…. 꼭 그때 같은데… 안
　　그러냐?

창희 (웃음) 정말 그러네… 너랑 나랑 서리한 거 걸려서 아주 뒤지게 맞고 홀딱 벗겨서 쫓겨났었잖냐? 여기가 그때 딱 그 자리네.

영제 오, 역시 기억력이 좋아.

창희 그걸 어떻게 잊냐? 신나게 얻어터져서 얼굴은 엉망인 놈 둘이 빨개벗고 누워서 울고 웃고… 누가 봤으면 정말 가관이었을 거다.

영제 그때 너네 엄니랑 우리 엄니가 짰었냐? 어떻게 똑같이 홀딱 벗겨서 쫓아내냐고?

창희 넌 지금 생각하면 다행 아니냐? 덕분에 다른 사고 친 건 다 그냥 넘어갔잖냐?

영제 남 말하고 있네? 모조리 다 너랑 같이 친 사곤데 너야말로 삼촌한테 잡혀갔을걸?

창희 (웃으며) 너 그거 아냐? 둘이 붙어 다니면서 말썽 피우니까 나중엔 둘 중에 하나만 뭐라도 걸리면 같이 맞았던 거?

둘이 하늘을 바라보며 웃는다.

창희 참 세월 빠르지…. 겁 없이 말썽 피우고 다녔었던 때가 엊그제 같은데, 네가 애 아빠가 된다니… 실감이 안 난다.

영제 나도 실감이 안 나는데 넌 오죽하겠냐? 혹시… 혹시…
      설마… 아직도 미자를 잊지 못하는 거 아니냐?

창희 아이고… 이 정신 나간 놈. 이번엔 미자냐? 지난번엔 영
      자더니… 제발 소개나 해주면서 놀려라.

웃다가 한숨을 쉬는 영제.

영제 너 기억하지? 아무것도 모르던 해방 전날에도 '이상하게
      뭔가 큰일이 생길 것 같다~'하고 우리 얘기했었잖냐?

창희 그랬지. 좀 어수선했어야지. 사실 그때 나 엄청 겁났었
      다. (헛웃음)

영제 누군들 안 그랬겠냐. 일본 놈들이 갑자기 똥 마린 개새
      끼마냥. (이리저리 뛰는 흉내) 그런데 다음날 해방이라고
      하니까 '아~ 똥 마린 개새끼들이 날뛰면 그게 좋은 징조
      구나' 했는데 이번엔 정말 느낌이 안 좋다. 너무 안 좋아.

창희 해방도 된 마당에 더 큰 일은 무슨… 일본 놈들이 설마
      다시 들어오기라고 하겠냐?

영제 내가 세상에 무관심해서 무슨 일이 벌어지고 있는지는
      모르겠지만… 안 좋은 예감은 항상 맞더라.

창희 설마 여기 제주도가 뒤집히기라도 하겠어? 곧 잠잠해질
      거다. 우리만 조심하면 무슨 문제가 있을라고. 일정시대

에도 버티고 살아남은 우리들인데.

영제 일본 놈들 물러가고 이제 좀 먹고살 만한가 했는데… 이
      젠 조선 놈들끼리 못 잡아먹어서 안달이네. 이승만이든
      김일성이든 우리가 무슨 상관이라고 먼 제주까지 와서
      이 지랄 난리들인지.

창희 우리를 사람으로 안 보니까 그렇겠지…. 그냥 제주도에
      살고 있는 개, 돼지들이지.

허무한 표정의 영제와 창희의 얼굴.

(암전)

4. 마을 교육

마을 골목에 영철아범, 성미어멈, 양씨댁이 모여 있고, 뒤편에 덕호영감이 따로 쪼그려 앉아있다.

성미어멈 (팔짱을 끼고) 보자기까지 들고 왜들 다 모이라고 하는 거래?

양씨댁 난들 아나요? 호수 감찰관님이 꼭 나와야 된다고 하니까 또 무슨 일이 생겼나 해서 나온 거지.

영철아범 말도 마. 난 밭에 나가다가 붙들려왔어.

양씨댁 혹시 지서에 불 지른 놈들 찾는다고 우리한테 해코지하려고 그러나?

성미어멈 설마? 우리가 무슨 상관이 있다고? 아무렴 호수 감찰관님이 그러겠어?

들어오는 호수를 보고 마을 사람들이 갑자기 조용해진다. 호수가 들어오고 뒤이어 오순경이 쌀 한 포대를 호수의 뒤에다 놓는다.

호수 (마을 사람들을 향해) 며칠 전에 난리가 나서 다들 놀라
    셨죠? 누가 그랬는지도 다 들어서 아실 거고….
영철아범 남로당인가 하는 사람들이 불을 냈다는 게 진짠가
    보네?
호수 (고개를 끄덕이며) 맞습니다. 그 남로당인가 하는 미친
    공산주의자 놈들이 자기들 말을 안 들어준다고 천하에
    몹쓸 짓을 한 겁니다. 그래서 여러분들이 혹시라도 위험
    해질까 봐 어쩔 수 없이 통행금지까지 내리게 된 겁니다.

호수가 뒤를 돌아 쌀가마를 열려고 한다.

양씨댁 (마을 주민들만 들리는 말로) 감찰관님이 우릴 바보로
    아나 보네. 지들이 우리한테 그렇게 몹쓸 짓을 해놓고선
    한 대 세게 맞으니까 겁나서 애꿎은 주민들만 가둬놓은
    걸 모를 줄 알고.
성미어멈 (손가락을 입에 대고) 쉿~

호수가 말을 하려고 하자, 덕호영감이 갑자기 일어나서 외친다.

덕호영감 대한독립만세!! 대한독립만세!!

호수가 인상 쓰며 고갯짓을 하자 호수 옆에 있던 오순경이 덕호
영감을 데리고 퇴장한다.

호수 (쌀가마에 있는 되박을 들고) 자… 오늘 이렇게 여러분들
　　　모이라고 한 건, 나라에서 중요한 선거가 있어서 알려주
　　　려고 모이라고 한 겁니다. 이제 해방이 돼서 여러분도 나
　　　랏일에 참여할 수 있는 기회가 생겼어요. 그러니까 여기
　　　있는 사람들은 전부 다 5월 10일날 반드시 투표를 해야
　　　한다는 말입니다.
영철아범 호수 감찰관, 우리 같은 사람들이 뭘 안다고 투표를
　　　해?
호수 (한심한 듯) 영철 아범, 아직도 일제시대에 살고 있어? 해
　　　방됐다고, 이 양반아… 당신은 우리나라 국민 아냐? 국
　　　민이면 당연히 투표를 해야지. 모르면 내가 시키는 대로
　　　만 해. 알겠어?
영철아범 아니, 아는 게 없으니까…. (말을 잇다가 호수와 눈이
　　　마주치자 말을 멈춘다)
호수 (협박하는 말투로) 어이… 영철 아범… 내가 만만해? 어
　　　디다 대고? 시키는 대로 하라고, 시키는 대로…. 알겠어?

영철아범 (호수의 눈길을 피하며) 어… 어… 잘못했네… 알았
       어.

호수가 부라리던 눈을 풀고 다시 이야기를 한다.

호수 여러분들이 5월 10일날 투표를 해야 미국이 공산주의자
       놈들한테 나라가 넘어가지 않게 지켜준단 말입니다. 혹
       시라도 남로당 공산주의자 놈들 누가 몰래 와서 투표하
       지 말라고 꼬드겨도 여러분들은 절대로 그 말을 믿지 말
       고 꼭 투표장에 나와야 합니다.

호수가 허리를 숙여 쌀을 한 되 푸려고 한다.

(주민들끼리만 들리는 대화로)
양씨댁 언제부터 미국이 지켜줬다고….
성미어멈 그래도 미국이나 이승만이 공산주의자들보다는 낫
       겠죠?
영철아범 (한심한 듯) 자네들 지금 이놈들 우리한테 하는 짓
       들이 일제보다 낫던가?

일동 침울한 표정.

호수 (쌀을 한 되 퍼 올리며) 우리 마을은 통제에 잘 따라줘서 고맙다는 의미로 쌀을 한 되씩 나눠줄 테니 가져온 보자기들 가지고 줄 서쇼.

사람들이 들뜬 얼굴로 줄을 서고 한 명씩 쌀을 받는다.

호수 (모두 나눠주고) 쌀 받은 사람들, 5월 10일에 투표 안 하면 다시 뺏어갈 테니까 그리 알고, 또 투표 끝나면… 더….

갑자기 순경 하나가 뛰어 들어온다.

오순경 (헐떡이며) 감찰관님, 지금 급히 가셔야 할 것 같습니다.
호수 왜? 무슨 일인데?
오순경 남로당 놈들이 선거사무실을 습격해서 선거문서들을 모조리 탈취해갔답니다.
호수 (쌀되를 바닥에 던지며) 이 빨갱이 새끼들이 기어이….

마을 사람들이 받은 쌀을 보며 웃고 있는데, 호수의 화난 얼굴과 마주치자 정색한다.

호수   (나가려다 뒤를 돌며 화난 말투로) 당신들 똑똑히 들어. 저 빨갱이 새끼들하고 내통하거나 꼬드김에 넘어가서 투표 안 하면 나 정말 가만히 안 둘 거야. 같은 마을이고 뭐고 없어. 당신들 살고 나 살자면 투표해! 죽어도 해! 알겠어? 대답 안 해?

마을 주민들   (두려워하며) "어…" "네…" "네…".

호수와 오순경이 서둘러 나간다.

양씨댁   선거가 얼마나 중요하길래… 감찰관님 저렇게 정색하는 거 오랜만에 보네요?

성미어멈   왜 걱정이 안 되겠어? 남로당이 경찰서에다 불도 놓는 마당에 얼마나 걱정되겠어?

영철아범   미국이고 이승만이고 제발 우리 좀 안 괴롭히면 소원이 없겠어. 먹고살기도 막막한데… 선거는 무슨. (말을 마치고 눈길을 호수가 두고 간 쌀자루 쪽으로 향한다)

영철아범이 다른 사람에게 눈짓을 하고 슬그머니 쌀자루 쪽으로 한발씩 움직이는데, 다른 이들도 주변을 살피듯 몰래 쌀자루 주변으로 모여든다.

영철아범 (일부러 들으라는 듯 크게) 어? 호수 감찰관이 쌀을
     놓고 갔네! 어떡하지?

양씨댁 (일부러 들으라는 듯 크게) 여기 두면 누가 훔쳐 가겠
     어요. 우리가 맡아놓을까요?

성미어멈 (일부러 들으라는 듯 크게) 그러자구, 귀한 쌀을 우
     리가 챙겨야지 누가 챙기겠어?

주민들이 기쁜 얼굴로 쌀을 향해 달려드는 순간. 호수를 데리
러 왔던 순경이 들어온다. 마을 주민들 일동 아무 일도 없는 듯
딴청을 부린다. 순경이 이들을 바라보다 쌀을 들고 나간다. 마
을 주민들이 아쉬운 듯 입맛을 다신다.

(암전)

5. 투표 무산

(소리) 멀리서 들려오는 총소리들.

어둑해진 집 안에서 영제가 집 안에서 고개를 빼고 밖을 바라보려고 발뒤꿈치를 들고 바라보고 있다.

영제   아니, 평화협상까지 했다고 하던데 총소리가 끊이질 않네. 또 무슨 일이 생긴 건가?

영제 아내   (마루에 앉아 나물을 다듬으며) 거기서 혼자 뭐 하고 계세요?

영제   (영제가 아내의 옆에 앉으며) 자네도 들었잖아? 평화협상해서 이제 전쟁 안 할 거라고 하는 소리 말야.

영제 아내   (무심한 듯이) 아직 소식을 못 들은 사람들 때문에 그러겠죠. 제주도가 뭐 손바닥만 하던가요? (웃음)

영제   아니 이 사람아… 아무리 제주 땅이 커도 벌써 열흘이 넘었어…. 아냐… 이건 뭔가 잘못된 게 분명해. 내일이면 선건데 아직까지도 총소리가 들리니… (고개를 흔들며)

뭐가 어떻게 되는 건지 참….

영제 아내 그렇게 걱정되면 이거나 좀 같이해요. (다듬고 있던
나물을 영제에게 밀며) 내일은… 웁! (입덧을 한다)

영제 (아내의 등을 쓰다듬으며) 입덧이 오래가네. 이거 내가
할 테니까 들어가서 좀 쉬어.

영제 아내 (속이 답답한지 가슴을 치면서) 그럼 저 먼저 들어
갈게요. 정리하고 들어오세요.

영제 (웃으며) 알았어. 내가 자네 힘들까 봐 이러는 게 아니야.
내 새끼가 힘들까 봐 그런 거야 알지?

영제 아내 (애교 섞인 웃음으로 영제를 툭 치며) 에이~

영제의 아내가 안으로 들어가려고 하는데 문밖에서 남자들의
소리가 들린다.

영제 (영제의 아내와 눈을 마주치며) 통행금지도 안 풀렸는데
이 시간에 누구지? (대문 쪽으로 가면서) 뉘시오? 이 시
간에…?

영제가 다가가자 복면을 쓴 남자 3명이 총을 들고 들어와 영제
를 겨눈다. 영제가 놀란 얼굴로 팔을 번쩍 들고 뒷걸음질을 치
고, 영제의 아내도 놀라 그런 영제의 뒤로 숨는다.

무장대 소대장 놀라지 마시오. 우리는 인민유격대요. 잘 협조
만 하면 절대로 해치지 않을 테니 너무 무서워 마시오.

영제 (겁에 질린 목소리로) 저희는 아무것도 모릅니다. 제발
살려주세요.

무장대 소대장 (겨눠진 총들을 내리라는 몸짓을 하며) 우린
제주도민을 해치려는 의도가 전혀 없소. 오히려 탄압받
는 제주도민들을 위해서 투쟁하고 있는 것이오.

영제 (아내를 안으며) 안사람이 홀몸이 아닙니다. 제발 살려주
세요.

무장대 소대장 (말이 안 통한다는 듯) 아니… 해치려는 게 아
니라…. (말을 멈추고 옆의 무장대에게 고갯짓을 한다)

무장대 무리가 영제와 영제 아내의 팔을 잡고 집을 나서는데,
문밖에 마을 사람들이 영제처럼 총 든 이들의 협박으로 모여
있다.

무장대 소대장 (마을 사람들에게) 이렇게 주민들을 늦은 시간
에 불러내서 미안하게 생각합니다. 우리는 제주도민에
대한 부당한 탄압으로부터 제주도민을 지키고자 일어났
습니다. 여러분들이 잘만 협조해준다면 누구 하나 다치
는 사람 없이 집으로 돌아갈 수 있을 겁니다.

영철아범 (놀란 소리로) 아니, 그럼 이 시간에 우리를 어디로 데리고 갈 거란 말이오?

무장대 소대장 맞습니다. 여러분들은 내일 투표가 끝날 때까지 우리와 함께 있다가 투표가 끝나면 무사히 집으로 돌려보내 드릴 것입니다.

영제 (아내를 안고서) 남정네들은 끌고 간다 해도, 아녀자들은 그냥 두면 안 됩니까? 홀몸이 아닌 사람도 있단 말입니다.

무장대 소대장 (단호하게) 안 됩니다. 투표를 할 수 있는 사람을 남겨둘 수는 없습니다.

성미어멈 계속 내일 투표 안 하면 경을 친다고 하는데, 투표를 못 하면 우린 어떻게 되는데요?

무장대 소대장 이 선거는 통일 정부수립에 반대하는 거짓 선거입니다. 여러분들이 투표를 하지 않으면 선거는 자연히 무효가 됩니다. 선거가 무효가 되어 버리면 당연히 여러분들이 피해를 입을 건 없습니다. 그냥 저희를 믿고 따라주시기만 하면 됩니다. 아시겠죠?

영제 (거의 울듯이) 다들 믿으라고만 하는데, 도대체 우리한테 왜들 이러시오?

무장대 소대장 저도 제주사람입니다. 투표는 무산되어야 합니다. 그럼 설명은 그만하겠습니다. (다른 무장대에게 명령하듯) 이동해!

마을 주민들이 강압적인 명령에 모두 일어나 무장대와 함께 이동한다.

(조명) 밝아졌다가 다시 어둑어둑해진다.
터벅터벅 집으로 돌아오는 영제와 아내. 영제의 얼굴에 잔뜩 불만이 서려있다. 집에 도착하고 영제가 아내를 평상에 앉힌다.

영제 이놈들이나 저놈들이나 이용이나 해 먹으려고만 하고. 결국 당하는 건 전부 우리같이 아무것도 모르는 사람들 뿐이지. 투표 안 해야 좋다면서 왜 총을 들이대고 사람들을 끌고 다녀? 에잇… 전부 다 나쁜 놈들이야.

영제 아내 (제지하려는 듯) 그만해요. 그래도 정말 몸 상한 사람은 하나도 없었잖아요.

영제 아니긴. 홀몸 아니라고 그렇게 했는데도 산속에다 가둬놓고, 밥은커녕 물도 안 주고… 에잇~ (영제가 아내를 부축하며) 임자 많이 힘들 텐데 어서 들어가서 몸 좀 뉘어.

영제 아내 그래야겠어요. 하루 종일 눈치를 보면서 있었더니 너무 피곤해요.

영제가 아내를 데리고 들어간다.

(조명) 날이 밝아온다.

영제의 집으로 창희가 들어온다.

창희 (집 안을 기웃거리며) 영제… 안에 있냐? 제수씨? 계세요?

영제가 집 안에서 나온다.

영제 (머리를 긁으면서) 어… 창희… 일찍도 왔네… 뭔 일 있어?

창희 (답답하다는 듯이) 뭔 일은 네가 있지, 나한테 있겠냐?

영제 (웃으며) 들었구나? 요즘은 무슨 일들이 이렇게 계속 벌어지는지 정신을 차릴 수가 없을 지경이다. 하루하루가 아주 긴장의 연속이야. (웃음)

창희 (어이없다는 듯) 임마… 웃음이 나오냐? 지금 상황에?

영제 그럼 어떡하냐? 총 들이대면서 같이 있자는데… 저 사람 안 다친 것만도 천만다행이지.

창희 (생각이 갑자기 든 듯) 제수씨도 같이? 괜찮아? 제수씨? (영제 아내가 있는지 기웃거린다)

영제 어… 괜찮아. 정말 투표 끝날 시간 되니까 그냥 가라고 하더라고. 그러는 너는 선거했냐?

창희 나야 당연하지. 삼촌이랑 같이 가서 투표 시작하자마자
     하고선… 참! 말도마라. 투표장이 난리도 아니었다.

영제 투표장에 경찰도 많았을 텐데 무슨 난리가 날게 있다고?

창희 너 말야. 아니 너 같은 사람들이 엄청 많았어… 선거 시
     간은 다 끝나가는 데 마을을 가도 사람들은 없고, 경찰
     들 비상 걸려서 삼촌도 엄청 고생하시는 것 같더라. 결국
     투표 무산됐나 보더라.

영제 (덤덤하게 딴짓을 하면서) 유격댄가 하는 사람이 그러더
     라. 무산될 거라고… 진짜 그렇게 됐네.

창희 (걱정된다는 듯) 지금 그것 때문에 난리가 났다. 큰일 났
     다고.

영제 (의아한 듯한 말투로) 무슨 큰일? 우리 내외가 선거 못 한
     게 그렇게 큰일이야?

영제의 집으로 호수의 부하 오순경과 빨간 완장을 찬 서청 이
단원이 들어선다. 영제와 창희가 들어오는 이들을 의아하게 바
라본다. 앞서 들어온 오순경이 수첩을 보면서 말한다.

오순경 여기 고영제 집 맞나?

영제 (앞으로 나아가며) 네, 제가 고영제입니다만 무슨 일로….

오순경 (순경이 영제를 보자마자 주먹으로 얼굴을 내리친다)

너, 남로당하고 한패라고 제보가 들어왔어. 빨갱이 새끼
야.

영제 (얼굴을 감싸며) 아니, 그게 무슨… 말도 안 됩니다. 제가
무슨 뭐… 남로당이요?

오순경 (뒤에 있는 서청 이 단원에게 고갯짓을 하며) 이 새끼
끌고 가!

남자들이 영제를 잡기 위해 다가서는데 창희가 급하게 팔을 벌
리며 막아선다.

창희 저기… 저기요….

오순경 (귀찮다는 듯이) 넌 또 뭐야?

창희 순경님, 저 아시잖아요? (가슴팍을 두드리며) 저 호수 감
찰관님 조카.

순경이 확인하려는 듯이 빤히 바라본다.

창희 (영제를 잡아서 보여주듯이) 그리고 여기 영제 애도 호수
감찰관님 조카. 아시잖아요?

영제가 당황한 표정으로 연신 고개를 굽신거린다.

오순경 (알아봤다는 듯한 표정으로) 아… 감찰관님이 조카 둘
　　　있다고 하셨던 그분들이었구나?

창희 (다행이라는 표정으로) 맞아요…. 삼촌한테 물어보시면
　　　바로 확인해주실 거예요.

오순경 (수첩을 탁탁 치면서 곤란한 표정을 짓는다) 음….

창희와 영제가 판결을 기다리는 사람처럼 허리를 굽힌 채로 순
경의 얼굴을 주시한다.

오순경 (서청 이 단원에게 고갯짓을 하면서) 일단 감찰관님에
　　　게 보고는 드리겠습니다. (영제의 얼굴을 노려보며) 그런
　　　데… 일단 오늘을 그냥 가겠습니다. 곧 다시 뵙도록 하지
　　　요.

창희와 영제가 연신 허리를 굽신거린다.

창희 고맙습니다.

영제 고맙습니다… 고맙습니다….

오순경과 서청 이 단원이 퇴장하자, 뒤에서 놀란 영제의 아내
가 뛰어나온다.

영제 아내 (영제의 얼굴을 매만지며 울먹이듯이) 여보, 괜찮아
요? 갑자기 이게 무슨 일이랍니까? 창희 씨… 이게 무슨
일이에요? 이 사람을 왜 잡아간대요? 예? 예?

영제와 창희는 아무런 말이 없이 심각한 표정으로 서있다. 밖
에서 나는 소리에 영제의 아내가 집 밖을 살펴보려 대문 쪽으
로 다가간다. 문밖에서 마을 주민이 끌려가며 저항하는 소리
가 들린다.

(소리)
"아이고 선생님들 제발 살려주세요. 저는 정말 아무것도 몰라
요. 그놈들이 억지로 끌고 간 겁니다."
"조용히 해! 이 빨갱이 새끼."

영제의 아내가 놀란 듯 뒷걸음질 치며, 창희의 팔을 잡는다.

영제 아내 (창희의 팔을 흔들며) 창희 씨, 이게 무슨 일이랍니
까? 창희 씨는 알죠? 제발 말 좀 해줘요. (울음)

영제가 아내를 창희에게 떼어내며 꼭 안는다.

창희 (담담하게) 선거가 빨갱이 때문에 무산된 거라고, 그래서 투표 안 한 사람들은 전부 빨갱이라고… 모조리 잡아들이라고 지시가 내려왔대… 그리고 잡혀가면……. (창희가 말을 잇지 못한다)

영제와 영제 아내가 놀라서 눈이 휘둥그레진다.

영제 뭐? 뭐라고? (창희의 멱살을 쥔다) 누가 그런?
창희 (영제의 눈을 피하며 멱살을 푼다) 나도 설마설마 헛소문인 줄 알았는데… 그런데 정말인가 봐….

영제가 힘없이 뒤로 물러나고, 영제의 아내가 주저앉는다.

영제 아내 (힘없는 말투로) 우리가 무슨 죄를 지었다고… 총뿌리 들이밀고 끌고 가는 데 누가 안 가요? (창희를 바라보며) 창희 씨는 안 갈 수 있었겠어요? 우리가 잘못한 거예요? 예?

영제는 여전히 힘없이 축 처진 상태로 서있고, 창희는 하늘을 바라보다가 영제의 어깨를 잡고 말한다.

창희 일단 삼촌 이름으로 둘러댔으니까 당분간은 다시 안 올 거야. 그런데… 혹시….

영제 삼촌 이름으로 막는 데도 한계가 있단 말이지?

창희 (고개를 숙인 채로 끄덕이며) 아마도….

영제 그럼 어떻게 해야 되냐? 저 사람 이제 곧 배도 불러올 텐데….

창희 (영제 아내를 일으켜 세우며) 어떻게든 넘겨봐야지… 내가 삼촌하고 어떻게 하면 좋을지 상의하고 말해줄게…. 제수씨도 너무 상심하지 말고 있어봐요. (다시 영제를 바라보며) 그래도 혹시 모르니까 말이다….

영제 (피식 웃으며) 언제라도 튈 수 있게 준비하라는 말이로구나?

창희가 말없이 고개를 끄덕인다. 영제가 한숨을 짓고 영제의 아내가 흐느끼며 얼굴을 감싼다.

(암전)

6. 숨겨진 고뇌

식탁에 호수와 창희가 심각한 얼굴로 앉아 술을 마시고 있다.

호수 (술을 따라주며) 영제한테는 갔다 왔어?

창희 네… 얼굴만 본 거죠, 뭐… 할 말도 없고….

호수 그래… 그랬겠지…. 세상이 이렇게 미쳐 돌아갈 거라고 누가 상상이나 했겠냐?

창희 (무언가 생각난 듯한 목소리로) 삼촌, 삼촌은 방법 있잖아? 영제… 우리 영제 그 녀석 좀 살려주면 안 돼? 어? 어?

호수가 심각한 얼굴로 혼자 술을 따라 마신다. 창희가 기운이 빠지는 듯이 술잔을 바라본다.

창희 (힘없이) 하긴 내가 누굴 걱정해?

호수 (화내는 듯이) 넌 괜찮다니까…. 너 얼굴을 지서에 사진까지 박아놨어. 내 조카라는 거 모르는 사람이 없는데 무슨 걱정을 해?

창희 (헛웃음을 지으며) 그런데 내가 요즘 어떤 마음으로, 어떻게 살고 있는지 삼촌은 알아?

호수 왜? 영제 때문에 걱정돼서 그래? 그건 내가 최대한 신경 쓴다니까….

창희 (헛웃음을 지으며 비꼬듯이) 역시 삼촌은 아무것도 모르네. 역시 힘 있는 경찰이라니까.

호수 (술잔을 탁 치며) 이 녀석이!

창희 (벌떡 일어서며) 삼촌… 영수 알지? 그 얼굴에 큰 점 있는 영수. 왜 맨날 점돌이라고 영제랑 놀려먹던 그 녀석 있잖아. 우리가 하도 놀리니까 저놈들 좀 잡아가 달라고 울면서 삼촌한테까지 찾아갔었던… 기억하죠?

호수 알지. 그런데 왜?

창희 그저께 냇가에서 죽은 채로 나왔대. (웃음)

호수가 굳은 얼굴로 아무 말이 없다.

창희 아… 그리고 재선이… 왜 있잖아…. 멍청하다고 걔네 아부지가 어따 써먹냐고 맨날 때려서 도망 다니던 녀석. 진짜 맷집이 그렇게 좋은 놈도 없었는데. (침울한 표정으로) 오늘 아침에 거적때기에 둘둘 말려서 경찰서 앞에 있더라. 내가 업어다 집에 보내줬어. (왈칵 눈물을 쏟으며 술을 들이켠다)

호수는 여전히 아무 말도 없이 굳은 표정이다.

창희 (넋이 나간 듯) 경찰이 안 죽이면 무장대가 내려와서 죽여. 낮에는 무장대랑 내통한다고 죽이고, 밤이면 경찰이랑 내통한다고 죽여 대. 살아있는 게 죄야. 이럴 줄 알았으면 해방됐다고 좋아하지도 않았을걸… 내 차례는 언제가 될지 하루하루 벌벌 떨면서… 생지옥이 이런 건가 봐? 삼촌은 알아? 이 생지옥을?

호수 (화난 어투로) 투정 좀 그만해 자식아! (술을 한잔 들이켜고는 자리에서 일어서며) 나라고 지금 상황이 편한 것 같아? 아니 재밌을 것 같아? 나도 너만큼 무섭고 살이 떨린단 말이다. 해방됐을 때, 일본순사였다고 사람들이 돌을 던져도 무섭지 않았어. 왜? 나도 조선 사람이니까. 나도 기뻤으니까. 그런데 지금은 사람이… 사람이 전부 하나같이 다 무서워. (창희의 팔을 잡으며 노려보면서) 내가 살려면, 그리고 너를 살리려면 죄가 없는 걸 알아도 잡아들이고 때려야만 돼. 억울하다고? 맞다. 잘못되면 어떡하냐고? 그게 무슨 상관이야? 그렇게 안 하면 나도 빨갱이가 되는데… 나만? 아니 (소리 지르며) 창희 너도 빨갱이가 되고 우리 집안 전부 다 죽는데… (힘없이 숨을 고르다 곧 흐느끼며) 창희야… 나도 너무 무섭다. 잡혀 오는 사람들… 모르는 사람이 없다. 같이 웃고 울고 하나같이 다 아는 우리 마을 사람들이야. 그 사람들 조만간 (손을 벌벌 떨며 바라보며) 이 손으로, 이 손으로 죽여야 하는 날이 하루하루 다가오는데….

창희가 울면서 삼촌을 뒤에서 안아준다.

호수 (창희를 풀어내며 단호하게) 내가 살아야 우리 가족들 다 살릴 거 아니냐? 내가 뭘 못하겠냐? 어? 그 독한 일본놈들한테 벌레 취급당하면서도 살아남은 게 나다.

갑자기 무언가 생각이 난 듯 등을 돌려 창희의 양팔을 붙든다.

호수 (침착한 목소리로) 창희야… 너 정말 살고 싶으냐?
창희 네? 삼촌 무슨?
호수 (큰소리로) 살고 싶냐고?
창희 네… 살고 싶어요…. (창희가 무릎을 꿇으며) 너무너무 살

고 싶어요. 그래서 너무 무서워요. 저 좀 살려주세요, 삼
촌! 네? 네?

호수 (편안한 목소리로) 그럼 됐다. 내일부터 경찰서로 나랑
같이 출근한다.

창희 (의아한 듯) 무슨 소리세요?

호수 서에는 미리 말해뒀다. 오늘 너를 보자고 한 건 네가 경
찰이 됐다고 알려주려고 온 거다.

창희 아니, 삼촌… 갑자기 제가 경찰이라뇨?

호수 잔말 말고 시키는 대로 해. 살고 싶다면서? 그리고 영제
네 지켜주고 싶다면서?

창희가 아무 말 없이 고개를 떨군다. 호수가 모자를 챙기고 나
가려다가 걸음을 멈춘다.

호수 그리고 영제한테 지금 당장 가서 전해. 도망치라고.

창희가 눈이 휘둥그레진다.

창희 아니 삼촌… 지켜주라면서요?

호수 (나가려다 다시 돌아와 창희를 노려보며 강한 어조로) 그
러니까 도망치라는 거야. 지금이 아니면 도망도 못가. 조

만간 대대적인 피바람이 불 거다. 그때가 되면 너나 내가 어떻게 해줄 방법이 없어. 지켜줄 수 있는 유일한 방법이야. 도망갈 수 있게 감시하는 놈들 철수시켜줄 테니까. 그리고 반드시 일본이나 부산으로 도망가라고 해. 알겠어? 일본이나 부산!! 이건 삼촌으로서 명령이라고….

겁에 질린 창희의 표정.

(암전)

7. 고난의 행로

등 뒤로 보자기 짐을 하나씩 맨 한 무리의 피난민들이 힘없이 걸음을 옮기고 있다. 피난민 속에 영제도 끼어있다. 선두에 있던 한 명이 뒤를 돌아본다.

순덕 (팔로 앉으라는 시늉을 하며 작은 소리로) 우리 잠시 쉬었다가 갑시다.

남자의 말이 떨어지자 각자가 제자리에 주저앉는다. 영제는 자리에 앉자마자 자신의 다리를 주무르며 고무신을 벗고 발을 주무른다. 옆에 있던 기철이 영제에게 다가온다.

기철 이봐 영제 씨, 얼마나 된 거요?
영제 뭐가 말입니까?
기철 (웃음) 다들 배고프고, 춥고, 살고 싶어서 도망 다니는 피차일반인데 물을 게 뭐가 있겠소? 나랑 같은 신세가 언제 됐냐는 거지.

영제 (힘없는 웃음) 그냥 정신없이 도망치느라 얼마나 됐는지도 몰라요. 그냥 계절이 바뀐 거 보면서 아… 오래됐구나 하고 짐작만 하고 있는 거죠.

기철 하긴… 날짜세면서 도망 다니면 나만 힘들지 뭐. 그런데 혼자요?

영제 (여전히 발을 주무르면서) 네… 안사람이 홀몸이 아니라서 저만 이렇게….

기철 바깥양반이 여기 있으면 안사람도 꽤나 고초를 겪을 텐데… 쯧쯧…. 임자도 여기에 있는 걸 보니 가진 거라곤 불알 두 쪽뿐이었나 보구만. 끌끌~ (웃음)

영제 (웃으며) 불알 두 쪽 말고 다른 거 가진 게 있으면 살려준답니까?

기철 이 양반 웃는 거 보니까 믿는 구석이 아예 없진 않았나 보네… 허허.

순덕 아내 (몸을 틀어 다가오면서) 왜 있잖아요? 돈 있으면 부산으로 밀항 보내준다고… 돈 좀 있는 놈들은 그때 부산으로 간다고 다 야반도주했잖수.

기철 (순덕 아내를 팔꿈치로 툭 치며) 그만하슈. 안사람이 홀몸이 아니라잖수. 어디 몰라서 안 갔겠수? 애 가지면 돈 들어갈 데가 천진데… 자기만 살자고? 쯧쯧…. 어디 이

양반 속이 속이겠소?

영제는 자신만 아는 웃음을 짓는다. 그리고 봇짐 속에서 아내의 머리핀을 꺼내어 손에 꼭 쥔다.

기철 집사람 물건인가 보네?

영제 (고개를 끄덕이며 웃음으로 대답을 대신한다)

순덕 (답답한 듯) 우리가 언제까지 이렇게 중산간을 헤매고 다녀야하는 건지? 원.

순덕 아내 (자포자기의 목소리) 방법이 없잖아요? 이상한 소리 좀 하지 말아요?

순덕 (궁금한 듯) 아니, 저번에 산에서 내려오면 살려준다고 하는 소리를 들은 거 같은데… 그때 많이들 내려갔다고 말은 들었는데 다음엔 소식이 없어. 내려간 사람들은 정말로 괜찮은가? '나도 그때 내려갔어야 하나~' 하는 생각이 계속 머릿속에 맴돌아.

순덕 아내 (어이없는 웃음) 헛! 그 말을 믿었어요?

순덕 아니 자네도 그때 봐서 알잖아? 그래도 지들도 사람인데 자수한다고 손들고 내려간 사람들, 설마 죽이기야 했으라고?

기철이 끼어든다.

기철 (비웃는 듯한 어투) 아이고 속 편한 분이 여기도 하나 있
      었네.
순덕 (짜증 나는 어투) 거 뭔 소리요?
기철 (가르치는 듯한 말투로 허공을 바라보며) 내 죽을 고비
      넘기고 도망 다니다가 그때 자수한다고 사람들 내려갈
      때 나도 있었다우.

영제가 끼어든다.

영제 (호기심 어린 말투로) 정말입니까? 그런데 왜 여기 있어
      요? 그 사람들 어떻게 됐어요?
순덕 아내 (비웃듯이) 저 아저씨 여기 있는 거 보면 딱 느낌이
      오네요?
기철 (내려놓은 듯한 목소리로) 그땐 정말 살려주려고 그러는
      줄 알았지… 그래서 줄줄이 모여서 내려가겠다고… 그런
      데 한번 죽다 살아보니까 느낌이 영 이상해…. 그래서 무
      리에서 몰래 빠져나왔지.
순덕 빠져나와서 그리고?
기철 사람들 잘 보이는 높은 데로 올라가 숨어있었죠…. 그 사

람들 보이는 곳에서 지켜보다가 정말 살려주면 얼른 뛰
어나가서 나도 자수하려고….

순덕 (조급한 말투로) 그런데? 어떻게 됐는데요…?

기철 (울컥하면서) 죄도 없는데 살고 싶어서 자수한다고 내려
간 그 많은 사람들을… 그 사람들을….

순덕이 결말을 안다는 듯이 기철의 어깨를 두드려준다.

기철 (울음을 참으며) 냇가에다 모아놓고 장난치듯이 죽입니
다. '살려주세요. 살려주세요' 하는 소리를 들으면서 뭐
가 재미있는지 웃으면서 사람을 쏘고 찌르고… 저놈들
은 사람이 아냐… 사람이 이럴 수는 없지… 사람이….

영제 (화난 어투로) 저 마귀 같은 놈들…. 제주도 사람들을 싹
다 죽이려고 작정을 하지 않고선… 에잇~!

순덕 저놈들한테 우리가 사람으로나 보이겠어? 그냥 재미 삼
아 사냥하는 토끼나 매한가지지.

기철 틀린 말은 아니지. 다시 도망 올 때 그러더이다. 중산간
에서 보이는 사람은 사람이 아니라 빨갱이이니까 보이는
족족 그냥 싹 다 죽여버리라고….

영제 (깜짝 놀라서) 뭐요? 그냥 싹 죽이라고 했다고요?

기철 (고개를 끄덕이며) 그렇다니까요….

순덕 아내 (헛웃음을 지으며) 독 안에 든 쥐 꼴이 바로 우리를 보고 하는 말인가 보네요. 언제 죽을지도 모르면서 이렇게 험한 데로만 골라서 도망 다니는 쥐새끼요.

영제가 힘없이 다시금 주저앉고, 겁에 질린 얼굴로 아내의 머리 핀을 가슴에 끌어안는다.

순덕 (일어서며) 어두워지기 전까지 계속 움직여야 되니까 다들 채비합시다.

영제는 헝겊을 발에 대고 신발을 신는다. 피난민들이 바지를 털며 일어난다. 전방에서 부스럭거리는 소리가 들린다.

순덕 (몸은 웅크리며 소리가 난 쪽으로 엎드리며) 모두 엎드리시오.

피난민 전부가 몸을 잔뜩 웅크린 채 소리가 난 전방을 향해 온 신경을 집중시킨다.
(암전)

8. 의리

창희가 경찰 군복을 입고 골목에 들어선다. 창희를 보고 주민들이 고개를 숙이고 피해 가는데 창희는 의식하지 않고 영제의 집으로 향한다. 영제의 집 앞에 멈춰 선 창희, 차고 있는 권총을 손으로 매만진다. 그리고 품 안에서 편지 하나를 꺼낸다.

[영제의 편지]

영제 내 하나뿐인 친구 창희야. 네가 이 편지를 볼 때쯤이면 아마 난 산속이나 어디 굴속에서 이 상황이 끝나기만 기다리고 있을 거야. 너랑 삼촌이 그렇게 신신당부했는데, 미안하다. 나 살자고 집사람이랑 내 새끼 굶게 할 수는 없었어. 걱정 마. 반드시 살아서 돌아올게. 그때까지만 내 안사람하고 아이… 네가 좀 지켜다오. 그래줄 거지? 내 돌아가면 너 은혜 잊지 않으마. 그리고 안사람한테는 부산에 잘 도착했다고 전해줘. 그럼 살아서 술 한잔하자.

쪽.

창희가 한숨을 쉬고 편지를 접어 다시 품에다 넣는다. 창희가
영제의 집에 들어서는데 배가 제법 불러온 영제의 아내가 황망
한 표정으로 허공을 응시하고 있다.

창희 (영제 아내에게 다가서며) 제수씨, 추운데 여기서 뭐 하
　　　세요?

영제 아내 (애써 반가운 목소리로) 창희 씨 오셨어요? 매번 이
　　　렇게 안 오셔도 되는데….

창희 (호기롭게 웃으며) 제가 안 챙기면 누가 챙깁니까? 혹시
　　　찾아오는 사람 없었어요?

영제 아내 (웃으며 고개를 가로 젓는다) 창희 씨가 매일같이
　　　들러주시는데 누가 오겠어요? 완장 찬 사람들도 이제 저
　　　희 집에는 얼씬도 안 해요. 고마워요, 창희 씨.

창희 (비밀이야기를 하려는 듯) 그래서 말인데요, 제수씨… 부
　　　산에서 연락이 왔어요.

영제 아내 (놀라서 급하게) 네? 연락이 왔다고요? 그이는요?
　　　별 탈 없대요? 아픈 데는요?

창희 (진정하라는 듯 영제 아내의 어깨를 잡고선) 진정하시구
　　　요. 영제 잘 도착해서 지금 숨어있답니다. 그쪽에 아는

사람 통해서 연락을 받았어요. 너무 걱정 마시라구요.

영제 아내 (안도로 흐느끼며, 창희에게 고개를 숙여) 고맙습니다. 고맙습니다. 창희 씨.

창희가 고개를 숙이려는 영제의 아내를 멈춘다.

창희 (머뭇거리면서) 그리고 말인데요….

영제 아내 (울다가 창희를 바라보며) 네? 무슨 하실 말씀이라도?

창희 (머뭇거리다 결단한 듯) 조만간에 마을에서 또 색출작업이 벌어질 것 같아요.

영제 아내 (놀라며) 또요? 그렇게 잡아갔는데 또 한다고요?

창희 (부끄러운 목소리로) 네… 그렇다네요. 육지에서 내려온 사람들이 그러길 제주사람은 전부 빨갱이라고… 그래서….

영제 아내 (무서운 듯한 목소리로) 아니어요…. 어디서 그런 말도 안 되는… 창희 씨, 왜 그래요? 우리가 무슨 빨갱이라고…. 아니잖아요?

창희 (눈길을 피하면서) 저야 너무 잘 알지만, 위에서….

영제 아내 (자포자기한 듯 배를 만지며 평상에 앉으며) 세상 물정 모르는 제주사람들… 자기들을 빨갱이라고 부른다는 걸 알고나 있을까요? 이제 우리 아이도 태어나면 빨갱이가 되겠군요?

창희 (창희가 고개를 숙였다가 들면서) 제수씨… 영제가 밀항하기 전에 저한테 부탁하고 간 게 있어요. 오늘은 그 말을 하려고 왔어요.

영제 아내 그이가요?

창희 영제랑 약속했습니다. 제수씨랑 아이를 반드시 지켜준다고. 그래서… 그래서 말인데요. 도피자 서류를 보다가 영제가 아직 혼인신고가 안 돼 있는 걸 알았어요.

영제 아내가 의아한 표정으로 창희를 바라보며

영제 아내 그게 무슨 문제가 있나요? 영제 씨가 부산에서 돌아오면 신고하면 되잖아요?

창희 아니, 그런 게 아니라… 앞으로 군경가족은 어떤 일이 일어나도 건드리지 않는다고 해서… 그래서… (미안하다는 어투로) 제수씨한테 물어보지도 않고 제수씨랑 저, 혼인신고를 했습니다.

영제 아내 (황당한 말투로) 네? 뭐라고요? 창희 씨랑 혼인신고요? 아니 그게 무슨 소리예요?

창희 (설득하려는 듯) 정말 미안해요…. 그런데 아무리 생각해

봐도 제수씨랑 조카를 지키려면 저도 이 방법밖에 떠오르는 게 없는 걸 어떡하겠어요?

영제 아내   아무리 그래도 이건 아니어요. 영제 씨 부산에 잘 도착했다면서요? 내 남편이 있는데… 그것도 세상사람 다 아는 친구 창희 씨랑 혼인신고라니요? 이건 안 돼요. (영제 아내가 화를 내며 문을 나서려 한다)

창희   (나가려는 영제 아내를 제지하며) 제수씨… 제 말 좀 끝까지 들어봐요. 영제가 돌아오면 다 정상으로 되돌리면 돼요. 일단 무사히 목숨은 건져야 할 것 아니어요? 아이는 어쩌구요?

영제 아내   (잠시 망설이다 허망한 듯 돌아와 마루에 앉으며) 영제 씨 얼굴을 어떻게 봐요? 그이만 피해있으면 다 괜찮을 줄 알았는데, 그런 줄 알았는데…. (고개를 흔들며) 영제 씨가 피난 가기 전날에 말했어요. 무조건 창희 씨가 시키는 대로 하라고요. 하지만 그게 이런 거일 거라곤… (울먹이며 고개를 저으며) 그렇다 쳐도 사람들이 다 아는데 창희 씨 생각대로 될 리가 없어요. 이건 아니어요.

창희   (자신 있는 어투로 영제 아내의 팔을 잡고) 걱정하지 마세요. 마을 사람들 입단속은 제가 할 테니까. 일단 육지에서 온 사람들한테만 들키지 않으면 됩니다. 이 상황이 정리되고 영제만 무사히 돌아오면 다 정상으로 돌아갈 거예요. 말도 안 된다고 생각하겠지만, (영제 아내의 어깨를 붙잡고) 영제, 제 목숨 같은 친구입니다. 저는 꼭 제수씨랑 내 조카 지킬 겁니다. 반드시요. 그래서 그때까지만… 아시겠죠?

영제 아내 (눈빛이 흔들리며 눈물이 그렁하며 마지못해 고개를 끄덕인다) 이년 팔자도 참 기구하네요…. 전에 영제 씨가 그랬어요. 돈 모아서 혼인식 올리고, 정식으로 호적에다 올리고 싶다고…. 그러다 아이 생기니까, 낳고 하자고… 바보 같은 사람…. 자기 이름 들어갈 자리에도 못 들어가고 누명 쓰고 도망 다니게 될 줄 알았나 봐요. (헛웃음)

창희 (무마하려는 듯) 제수씨… 그런 거 아니란 거 아시잖아요? 어디까지나 서류상으로 그렇다는 거예요…. 그렇게라도 안 하면….

영제 아내 (애써 웃으며) 알아요…. 창희 씨도 이런 고생할 필요가 없는데… 저희 때문에 최선을 다하고 계시다는걸요. 정말 고마워요, 창희 씨… 영제 씨도 분명 고마워할거예요.

창희 (등을 돌려 표정을 숨기며) 오늘은 이 말을 해드리러 왔어요. 꼭 지킬 겁니다. 반드시… 그럼 오늘은 가볼게요. 다시 말씀드리지만 누가 물어보면 제가 제수씨 남편인겁니다. 꼭이요.

영제 아내가 마지못해 고개를 끄덕인다. 창희가 대문을 나서고 영제 아내가 울며 평상에 쓰러지듯 주저앉는다. 창희가 그냥 가려다가 다시 집 앞에 멈춰서 사람들이 들으라는 듯이 큰소리로 호기롭게 말한다.

창희 여보! 내 일 보고 올 때까지 옮길 짐들 싸놔!!

창희가 호기롭게 말하고 퇴장하려는데 서청 김 단원이 경찰 옷을 입고 서있다. 그리고 창희의 걸음을 막아선다.

서청 김 단원 (건방진 말투로) 순경님, 여기서 자주 보이시네요?

창희 (경멸스러운 표정으로) 뭐요?

서청 김 단원 아니, 전에 이 집에 살던 남자가 있었던 거 같은데 감쪽같이 사라지고 순경님이 자꾸 보여서 신기해서요?

창희 (귀찮다는 듯) 그래서 하고 싶은 말이 뭐요?

서청 김 단원 아시잖아요? 저 집 빨갱이 집….

창희가 재빨리 권총을 빼서 서청 김 단원의 머리에 겨누며 말을 끊는다.

창희 (화난 말투로) 너 이 개새끼⋯ 하고 싶은 말이 뭐야? 어?

서청 김 단원 (겁을 먹은 듯) 아닙니다⋯ 진정하세요⋯. 저는
그냥 순경님이랑 저 여자랑 무슨 사인가 궁금해서⋯.

창희 (다그치듯) 내 집사람이다. 왜? 아닌 것 같아? 혼인서류
라도 보여줘야 믿겠어? 우리 혼인신고까지 한 부부라고
⋯. 어디서 근본도 없는 새끼들이 제주사람들 죽이는 데
만 재미가 들려서 아무나 잡고 빨갱이라고⋯.

서청 김 단원 전에 남자가⋯.

창희 (어이없다는 듯이) 그래 계속 그렇게 지껄여 봐! 어!!

남자가 창희의 눈길을 피해 눈을 깔자 창희가 서청 김 단원을
팽개치듯 떠민다.

창희 (권총을 넣고 옷매무새를 가다듬고) 후~ 앞으로 집사람
근처에 얼씬도 하지 마⋯. 알겠어?

서청 김 단원 (고개를 숙이며) 미안합니다. 제가 오해를 했나
봅니다. 다시는 이런 일 없도록 하겠습니다.

창희 (흥분을 가라앉히고 차분한 어투로) 뭐 나도 흥분해서⋯
집사람 문제라 나도 모르게 그만. (창희가 살짝 고개를
숙인다)

서청 김 단원 (따라서 고개를 숙인다) 이따가 3시에 운동장에

서 뵙겠습니다. 그럼 이만.

남자가 먼저 퇴장하고, 창희가 영제의 집을 바라보다가 뒤이어
퇴장한다.

(암전)

9. 포획

영제와 피난민 일행이 포승줄에 줄줄이 묶인 채로 앉아있고, 그 앞에 전투복 차림에 총을 든 이순경이 서있다.

기철 (힘없는 말투로) 이제 정말 끝인가 보오?

영제 그러게 말입니다. 이렇게 허무하게 끝날 인생이었다니….

순덕 아내가 울음을 터트린다. 총을 든 이순경이 순덕 아내(구현)를 총기로 내려친다. 순덕 아내가 고꾸라진다.

서청 이 단원 (고꾸라진 순덕 아내에게 발을 올려놓고는) 이 빨갱이! 재수 없게 어디서 울고 지랄이야?! 바로 죽여도 시원찮을 것들이. 너희들 때문에 지금 우리가 얼마나 고생하고 있는 줄 알아?

순덕 선생님들, 제 말 좀 들어주시오. 저희는 빨갱이가 아니라

그냥 제주도에서 농사나 짓는, 세상 물정 모르는 촌것들
이란 말이오.

영제   맞습니다. 선생님들… 저희들은 공산주의가 뭔지도 모
르고 하루하루 입에 풀칠이나 하면서 사는 무식한 사람
들일 뿐입니다.

기철   살려주시오… 제발 목숨만 살려주시오….

옆에 있던 경찰이 이들을 구타하기 시작한다.

서청 이 단원   (영제의 머리끄덩이를 잡아들었다 놓으며 비웃
는 듯한 소리로) 웃기는 소리 하지 말고 너희들 잔당이
어디에 숨어 있는지나 말해. 어디 숨었어?

영제   (울면서 애원한다) 그저 살고 싶어서 도망친 사람들한테
잔당이 어디 있겠습니까? 살아서 처자식 얼굴 한 번 보
려고 도망쳐 다닌 것뿐입니다. 제발, 제발 목숨만 살려주
십시오.

서청 이 단원이 영제의 머리채를 놓고 총을 집어 들어 막 때리
려고 하는 찰나, 경찰군복을 입은 호수가 등장한다. 경찰들이
호수를 향해 경례를 한다. 호수가 경례를 받고 피난민들의 앞
을 거들먹거리듯이 왔다 갔다 한다.

호수 (지휘봉을 손으로 치면서 경찰에게) 이놈들은 어디서 잡
       았어?

서청 이 단원 중산간 오름에 숨어있는 걸 잡았습니다.

호수 그런데 왜 잡아놨어? 중산간에 숨어있는 것들은 현장에
       서 처리하라는 지시 못 들었나?

서청 이 단원 그게 중간에 잔당들이 있다는 정보가 있어서 여
       기다 묶어 놓으면 혹시나 구하겠다고 나타나는 것들이
       있을지 몰라서….

호수 그러니까 한꺼번에 몰아서 처리하려고 했단 말이지?

서청 이 단원 (기합 든 목소리로) 네, 그렇습니다.

호수 (피난민들을 바라보며 지휘봉으로 가리키며) 저놈들 고
       개 좀 들려봐.

서청 이 단원이 피난민을 한명씩 등을 가격하고, 그 반동으로
고개가 들어 올려진다. 영제의 차례에 고개를 들자 호수와 눈
이 마주친 영제. 두 사람의 얼굴에 놀라움이 비친다. 호수는
가지고 있던 지휘봉을 떨어트린다.

호수 (작은 소리로) 영제!

영제 (자신도 모르게 부를 뻔하다가 삼키는 소리) 삼… 읍!

호수가 당황해서 지휘봉을 다시 줍고 등을 돌리고선 어쩔 줄을 몰라 한다.

서청 이 단원 (영제를 째려보고 다시 호수를 바라보며) 왜 그러십니까? 혹시 아는 얼굴이라도?

호수 (헛기침) 아… 아니… 그럴 리가?

호수가 등을 돌리고 영제와 눈이 마주친다. 다른 이들의 행동이 모두 정지된다. 조명이 꺼지고 영제와 호수에게만 조명이 켜진다.

[호수와 영제의 마음속 대화]

호수 (영제를 어루만지며) 살아있었구나?

영제 (웃으며) 네, 삼촌… 죽지 못해 살아있었네요. 헤헤.

호수 왜? 왜? 여기 있는 거야? 내가 꼭 부산으로 가라고 했잖아….

영제 헤헷… 집사람, 아이 가졌잖아요…. 저 살자고 그 돈 갖고 튀어버리면 집사람이랑 아이는 어쩌라고요.

호수 영제야! 아… 영제야!

영제 괜찮아요… 이렇게 삼촌 얼굴도 보고… 다 이해해요.

호수가 슬픈 얼굴로 말없이 영제의 몸을 쓰다듬는다.

영제 다른 사람은 다 뭐라고 해도 삼촌은 아시죠? 저 아닙니
다. 알죠?
호수 알지… 그럼 다 알지….

영제가 웃으며 고개를 끄덕인다. (마음속 대화 끝)

호수가 원래의 자리로 돌아가고 조명이 다시 켜지고 정지상태
가 풀려 정상이 된다.

서청 이 단원 (호수에게 다가서며) 명령하시면 즉시 처형하도
록 하겠습니다.
호수 (영제를 바라보며 망설이다가) 아냐… 아냐… 여기 이자
들한테 긴히 물어봐야 할 것들이 있을 것 같다. 처형은
미루도록.
서청 이 단원 (피난민들을 쭉 훑어보고서) 네, 뭘 말입니까?
호수 내가 자네한테 뭘 물어볼지도 보고해야겠나?
서청 이 단원 아닙니다. 죄송합니다.
호수 전부 수용소로 옮겨.
서청 이 단원 네? 전부 다 말입니까?

호수 (정강이를 걷어차며) 이 새끼가… 말 몇 번 하게 할 거야?

서청 이 단원 (갑자기 차렷 자세를 취하며) 아닙니다.

포승줄에 묶인 이들을 일으켜 이동하는데 영제가 뒤를 돌아보고, 호수는 영제를 불러보려 하다 참고 등을 돌려 외면한다. 이들이 다 퇴장하자 호수가 울음 섞인 포효를 한다.

호수 으아…!!!

(암전)

10. 이유 없는 살육

운동장에 마을 주민들이 모여있다. 이들의 뒤쪽에 덕호영감이
쪼그려 앉아있다.

성미어멈 갑자기 여기에 왜들 모이라고 하는 거래요?

영철아범 그야 모르지. 안 나오면 목숨 줄이 왔다 갔다 하니까
끌려 나온 거지 저 짐승 같은 놈들이 언제는 이유가 있
었나?

양씨댁 좀 잠잠하나 싶었는데 무슨 꼬투리를 잡아서 해코지
를 하려고 모이라고 하는 건지… 이젠 모이라는 소리만
들으면 심장이 벌렁거려요.

성미어멈 그러게 말이야. 없는 사람까지 찾아내라고 할까 봐
무서워서 요즘은 잠도 안 와.

영제 아내가 운동장에 도착해서 주민들에게 인사를 한다.

영제 아내 (고개를 숙이며) 안녕들 하셨어요?

영철아범 (헛기침을 하며 영제 아내를 못마땅해 한다) 흡…
흡….

성미어멈 (비꼬듯이) 신랑 없어지니까 신랑친구하고 그새 바
람난 거야?

영제 아내 (아무 말도 못 하고 땅만 바라본다)

성미어멈 (비웃는 얼굴로) 소문에는 뱃속의 애도… 설마 아니
지?

양씨댁 (한심하다는 듯 성미어멈을 밀치면서) 다들 알면서 왜
그래요? 친구 마누라 해코지 당할까 봐 그러는 거 다 알
면서 하여간 저 몹쓸 놈들이랑 하는 짓들이 똑같아…
아주….

성미어멈 (머리를 긁적이며) 아니… 뭐… 그렇다는 거지…. 사
람들도 수군대고 그러니까.

양씨댁 (영제 아내를 토닥이며) 맘에 두지 말아요. 다들 알면
서 그래. 저놈들은 괴롭히지. 화는 풀 데가 없지 그러니
까 애먼 사람 잡느라고, 에휴… (갑자기 생각난 듯) 참…
그나저나 뭐 들은 거 없어요? 갑자기 모이라고 하는 게
영 수상한데.

영제 아내 (고개를 흔들며) 네. 아무 소리도 없었는데요.

성미어멈 (의아한 듯) 그럼 경찰도 잘 모르는 일이라는 거네?

마을 주민들이 웅성거리는 사이에 군복을 입은 서청 김 단원과 서청 이 단원이 웃는 얼굴로 운동장에 나타난다. 갑자기 덕호영감이 일어나 소리친다.

덕호영감 대한독립만세!! 대한독립만세!!

서청 김 단원이 짜증 난다는 듯이 양팔을 허리춤에 대고 인상을 쓴다.

서청 이 단원 저 노망난 늙은이 아주 시끄러워죽겠네. (덕호영감을 잡아끌며) 이봐 노인네. 시끄러우니까 집에가… 집에 가라고….

덕호영감이 움직이지 않자 서청 이 단원이 팔을 잡아끌어 퇴장한다.

영철아범 (김순경에게 굽신거리듯이) 저기요 선생님, 오늘 무슨 일이 있나요? 다들 모이라고 하시고선 아무 말씀들도 없으셔서….

김 단원이 한번 쳐다보고는 비열한 웃음만 지을 뿐 대답하지 않는다.

영철아범 (혼잣말로) 쳐 죽일 놈… 들은 척도 안 하네.

성미어멈이 영철아범에게 그만하라며 제지시킨다.

창희가 운동장에 도착한다. 김 단원이 아까의 기억 때문인지
움찔하면서 창희에게 인사를 하며 다가온다. 창희도 가볍게
목례를 하고 서청 김 단원의 곁에 선다.

창희 (김 단원에게) 오늘 주민들 다 모은다는 소리는 못 들은
　　　거 같은데 무슨 일이오?
서청 김 단원 (혼자 키득거리면서) 못 들으셨어요? 오늘 엄청나
　　　게 재미있는 일이 벌어질 겁니다. 얼마나 기대가 되는지
　　　가만있어도 웃음이 나네요. 헤헷!

창희가 경멸스러운 표정으로 김 단원을 쳐다보는데 여전히 웃
는 얼굴이다. 창희가 모여 있는 주민들을 살펴보던 중, 영제의
아내를 발견하고는 서청 김 단원의 팔을 잡고 옆으로 끌어내서
묻는다.

창희 (안 좋은 느낌에 당황한 목소리로) 그… 그 재미있는 일
　　　이라는 게 대체 뭐요? 나한테도 좀 알려주시오.

서청 김 단원 (답답하다는 듯이) 하… 순경님…. 지금 이 깡시
　　　골섬에서 빨갱이 소탕 말고 재미있는 일이 뭐가 있겠습
　　　니까?

창희 (모르겠다는 듯) 아니, 그러니까 그게 지금 사람들 모인
　　　거랑 무슨 관계란 말이냐구요?

서청 김 단원 (가르치듯이) 지금 제주도가 온통 빨갱이 소굴인
　　　거 아시죠? 여기 제주도에는 사람은 없고 빨갱이들만 살
　　　고 있단 말입니다. 이걸 하나씩 어떻게 처리합니까?

창희 (당황한 목소리로) 처… 처리? 뭐 어떻게 처리한다고?

서청 김 단원 (재미있다는 표정으로) 그래서 한꺼번에 싹 쓸어
　　　버릴 거라고요. 오늘은 이 마을에서 빨갱이가 싹 사라지
　　　는 날이라고요… 진짜 재미있겠죠?

서청 김 단원이 자리로 돌아가 다시 들어온 서청 이 단원과 뭐
가 좋은지 박장대소하며 이야기를 나눈다. 서청 김 단원을 보
던 창희의 시선이 영제의 아내에게로 가 멈추는데, 온몸에서
힘이 빠져나가 몸이 휘청거린다. 창희의 뒤에서 서청 지부장이
들어오고 모두들 차렷 자세를 취한다.

서청 지부장 (경찰과 서청단원에게 말한다) 시작하기 전에, 여기 모인 사람 중에 자신의 가족이나 친척이 있는 사람 있으면 거수하도록.

서청 김 단원 (창희를 쿡 찌르며, 턱으로 영제 아내를 가리킨다) 저기 사모님.

창희 (정신을 차리고 다급한 목소리로) 아… 제… 제 집사람이 여기 잘못 왔나 봅니다.

서청 지부장 그래? (누군지 살펴보려는 듯 사람들을 쳐다보다) 음… 저기 저 여잔가?

창희 네… 저기 배부른….

서청 지부장 알겠네… 임신 중인가 보군. 어서 데리고 가게.

창희 (경례를 하고 다급히 다가가며 큰 소리로) 어… 여… 여보 … 왜 여기 있어?

창희가 억지로 웃음을 지으며 영제 아내의 팔을 잡는다.

창희 (상기된 얼굴에 자연스럽지 못한 말투로) 몸도 무거운 사람이 여기 왜 왔어? 가자! 집으로 가서 이야기하자고….

영제 아내 (당황한 듯이) 네? 네… 근데 저….

창희 (마을 사람들의 눈을 피하면서) 집에서 이야기하자니까 …!

주민들이 창희의 경직된 얼굴을 보자 표정이 굳어지고 몸이 늘어지기 시작한다. 창희가 영제 아내의 팔을 강하게 잡고 퇴장하려는데 영제 아내가 뒤를 돌아 마을 주민들을 바라본다. 주민들이 무언가를 직감한 듯 하나같이 웃으며 영제 아내를 향해 어서 가라는 동작을 한다. 창희와 영제 아내가 퇴장한다.

(암전)

(소리) 총이 난사되는 소리가 난다.

11. 비도(悲島)

영제가 피가 떡이 진 머리를 하고 묶여있는 채로 초점 없는 눈으로 책상 앞에 앉아있다. 앞에 앉은 군인이 무언가를 타이핑하고 있다.

서청 지부장 (타자기를 보면서) 이름.

영제 고영제입니다.

서청 지부장 (무감정한 목소리로) 어디 소속?

영제 (지친 듯이) 어디 소속이라뇨···. 저는 그냥 농사짓던 사람입니다.

군인이 타이핑을 멈추고, 서청 지부장은 정색을 하며 다시 질문한다.

서청 지부장 소속?

영제 (억울함을 호소하듯이 울음 섞인 목소리로) 선생님~

군인이 일어나 몽둥이로 몇 차례 영제를 가격한다. 영제가 축 늘어진다.

서청 지부장 (다시 자리로 돌아와 앉으며) 휴… 독한 놈.

영제 (억울한 울음소리) 엉… 엉….

서청 지부장 (책상 위에 깍지를 끼고선 턱을 괸 채로) 진짜 마 지막이야. 너 누구 명령받고 움직였지?

영제 제발 그만요….

최중위 (책상 위의 종이를 팽개치며 소리를 지르듯이) 너 위에 있는 놈 이름을 대라고, 어? 너한테 도망 다니라고 시킨 너네 빨갱이 우두머리가 누구냐고? 말해!!

영제 (억울함에 맞소리를 지른다) 제발… 그만요…. 나도 왜 내 가 여기 있는지도 모르겠고, 빨갱이가 무슨 뜻인지도 모 르겠고… 그냥 있으면 죽인다니까… 애비 없는 새끼 만 들고 싶지 않았을 뿐이라고요…. (흐느끼면서) 내가 왜 도망을 다녀야 하는지라도 제발 좀 알려달란 말이오.

서청 지부장 (어이없어하면서) 쳇… 그렇게 나온단 말이지?

서청 지부장이 상의를 벗고 몽둥이를 든 채 영제의 뒤로 움직 인다.

영제 (악에 받쳐서) 나도 당신들이 말하는 그 빨갱이 죽이고
      싶다고… 억울해서… 너무너무 억울해서….

매질이 이어지고, 영제가 신음소리와 함께 몸이 축 늘어진다.

서청 지부장 (밖을 향해) 들어와!

서청 지부장의 신호에 대기하고 있던 김 단원이 들어온다.

서청 지부장 이 독종 새끼 안 되겠어… 밖에 세워!

김 단원이 영제를 끌고 밖으로 나가서 세워놓고는 눈에는 안
대를 채우고 과녁판이 그려진 조끼를 입혀놓는다. 옆에 영제와
함께 피난을 다녔던 순덕과 기철이 눈이 가려진 채 과녁 조끼
를 입고 나란히 서있다. 이들의 정면으로 창희를 포함한 군복
을 입은 경찰들이 총을 들고 입장해 영제를 등지고 도열한다.

서청 지부장 (연설하듯이) 앞으로 나라를 지키려면 힘이 있어
      야 한다. 여러분도 알다시피 지금처럼 공산주의자 놈들
      이 언제 도발할지 모르는 상황에서 우리는 전투경험을
      쌓는 것이 매우 중요하다. 알겠나?

창희와 경찰들 네! 알겠습니다!

서청 지부장 그래서 오늘 여러분들에게 소중한 전투경험을 쌓을 수 있는 기회를 주려고 한다. 특히 제주에만 살았던 여러분들한테는 반드시 필요한 경험이다. 주저하거나 망설인다면 여러분에게 주어진 특권을 모두 포기하는 것으로 간주하겠다. 무슨 말인지 알겠나?

창희와 경찰들 네! 알겠습니다!

서청 지부장 뒤로 돌앗~!

경찰들의 정면에 사람이 서있는 것을 보고 창희와 옆의 경찰이 경악하고 뒷걸음치려고 한다. 그런 창희와 다른 경찰의 뒷머리에 김 단원과 이 단원이 총을 겨눈다.

서청 지부장 명령에 따르지 못하는 놈들은 저기 저놈들과 같이 목숨을 포기하는 것으로 간주하겠다. 전원 거총~!

창희가 벌벌 떨며 총구를 드는데 정면에 서있는 과녁이 영제다. 창희가 너무 놀라 영제의 이름을 부를 뻔하다가 멈춘다.

창희 (총구를 떨구며) 어… 여… 여….

영제 (혼잣말로) 어? 창희?

앞에서 총을 겨누는 이가 창희임을 직감한 영제 입가에 미소가 번진다.

영제 (혼잣말로 웃으며) 창희가 맞구나. 다행이다, 다행이야…
　　　헤헤.

조명이 꺼지고 모든 이들의 동작이 멈춘다. 창희가 총을 놓고 영제에게 다가가고 조명이 창희와 영제를 비춘다.

[영제와 창희의 마음속 대화]

창희 (영제를 어루만지며 안으며) 도대체 네가 왜 여기 있는 거
　　　야? 어? 이거 꿈이지? 어?
영제 그렇게 됐어. 살아서 너랑 술 한잔하고 싶었는데 내가 약
　　　속을 못 지키겠다. 미안해 창희야.
창희 (눈물을 삼키며) 아냐 무슨 방법이 있을 거야… 무슨 방
　　　법이….
영제 (고개를 흔들며) 괜찮아… 이렇게라도 마지막에 너를 만
　　　날 수 있어서 난 참 운이 좋은 놈인 것 같아.
창희 (눈물) 무슨 소리야… 어떻게든 살아남기로 했잖아? 포
　　　기하면 안 되잖아?

영제 아냐. 그러지 마, 세상이 미쳐 돌아가는데 어쩔 수 없다
      는 거 너도 알고 나도 알잖아? 너를 이렇게나마 만나고
      가려니 오히려 마음이 가벼워졌어. 괜찮아. 정말 괜찮아.

창희 내가 어떻게 너를… 내가 어떻게….

영제 정신 똑바로 차려… 그래야 네가 살아.

창희 영제야… 영제야….

영제 (눈물 섞인 웃음) 세상 하나뿐인 친구 창희야. 세상 물정
      모르는 내 집사람이랑 아이 꼭 지켜준다고 약속해 줄 수
      있지?

창희 (울음 섞인 말투로) 그럼… 당연하지… 꼭 지켜줄게…. 그
      리고 말해줄게. 아버지는 절대로 빨갱이가 아니었다고.
      너를 위해 목숨까지 포기한 최고의 아버지였다고….

영제가 눈물을 흘리며, 흡족한 미소를 짓는다. 영제의 웃음을
뒤로 하고 창희가 자신의 자리로 와서 총을 겨누자, 조명이 켜
지고 다시 시간이 흐르기 시작한다.

서청 지부장 발사!!

마구 떨리는 총구… 창희가 고개를 돌린 채 울부짖으며 방아
쇠를 당긴다.

'탕. 탕. 탕.'
영제가 쓰러진다.

(암전)

길가에 덕호영감이 쪼그려 앉아있고 넋을 잃고 마을로 걸어
들어오는 창희.

창희 (혼잣말로 되뇌며) 영제야… 영제야….

영제의 아내가 길가에 서서 창희를 기다리고 있다.

영제 아내 (창희의 얼굴을 보면서) 창희 씨. 무슨 일 있었어요?
  안색이 왜 이래요?
창희 (힘없이) 제수씨는 여기서 뭐 하세요?
영제 아내 (웃으며) 아… 오늘따라 뱃속의 아이가 이상하게 요
  동을 쳐서 운동이 하고 싶어서 그런가 싶어서 나와봤는
  데, 창희 씨가 터벅터벅 걸어오고 있지 뭐예요? 그래서….

창희가 휘청거리는데 영제의 아내가 급히 팔을 잡는다.

영제 아내 (놀라며) 어머… 창희 씨 괜찮아요?

창희가 영제 아내의 손을 놓으며 무릎을 꿇는다. 그리고 품에서 영제가 가지고 있던 영제 아내의 머리핀을 꺼내어 영제 아내의 손에 쥐여준다. 그리고 입에 소매 옷자락을 물고 엎드리며 소리가 나지 않게 오열한다.

영제 아내의 표정이 급격히 무너지고, 한 발자국 뒤로 물러서다가 황망한 표정으로 주저앉는다. 그리고 저고리 고름을 재갈처럼 입에다 문다. 눈물이 차오르고 복받치는 울음을 참지 못한다.

영제 아내 읍… 읍…. (울음소리)

영제 아내가 창희의 등을 치며 소리 없는 통곡을 한다. 뒤에 앉아있던 덕호영감이 쪼그려 앉아있다 흐느끼며 무릎을 꿇고 통곡하며 외친다.

덕호영감 (우는소리로) 대한독립만세!! 어흐흐… 대한독립…
　　　　　만세…!

(암전)

태어난 아기의 울음소리가 들린다.

인사이트컬처 2

비 도
悲島

초판 인쇄 발행 2023년 4월 19일 | **글** 김재훈 | **편집** 윤준식
표지·내지 디자인 유민정 | **펴낸곳** 도서출판 딥인사이트 | **펴낸이** 윤준식
출판신고 제2021-59호 | **주소** 서울특별시 성동구 아차산로 113 삼진빌딩 8125호
이메일 news@sisa-n.com | **인터넷 신문** 〈시사N라이프〉 www.sisa-n.com

ISBN | 979-11-982914-9-3 (03810)